生活总有让
我们热泪盈眶的时候

董利军 著

内蒙古出版集团
远方出版社

图书在版编目(CIP)数据

生活总有让我们热泪盈眶的时候/董利军著.——呼和浩特：
远方出版社,2015.11
ISBN 978-7-5555-0545-7

Ⅰ.①生… Ⅱ.①董… Ⅲ.①散文集-中国-当代Ⅳ.①I267

中国版本图书馆 CIP 数据核字(2015)第 276286 号

生活总有让我们热泪盈眶的时候

作　　者	董利军
责任编辑	刘洪洋
封面设计	塞外真君
版式设计	德云文化
出版发行	内蒙古出版集团　远方出版社
社　　址	呼和浩特市乌兰察布东路 666 号　邮编 010010
电　　话	(0471) 2236471 总编室　2236460 发行部
经　　销	新华书店
印　　刷	呼和浩特市圣堂彩印有限责任公司
开　　本	880mm×1230mm　1/32
字　　数	190 千
印　　张	9.25
版　　次	2015 年 11 月第 1 版
印　　次	2016 年 1 月第 1 次印刷
印　　数	1—1500 册
标准书号	ISBN 978-7-5555-0545-7
定　　价	39.80 元

如发现印装质量问题，请与出版社联系调换。

深邃的思考与独特的发现(代序)
——董利军散文随笔印象

佘志诚

一个军旅之人,退休上校军官,能在大型跨国企业集团干得风生水起,屡有建树,并能在短短的两年时间里完成一部散文集创作,而且文采斐然,篇篇精彩,怎能不令人感慨万千,刮目相看呢?

利军和我是中国新闻学院的同学,也是相知多年的好战友、好兄弟,情同手足,友情甚笃。他长期从事部队思想政治工作,曾两任武警内蒙古边防总队政治部副主任,是一位发表文章数十万字,出版过散文集的军旅文学爱好者。多年以来,他在繁忙的工作之余,始终坚持业余文学创作,成果丰硕,先后加入中国散文学会、全国公安文学艺术联合会和内蒙古作家协会,多次获奖。其作品在内蒙古八千里边防线广受佳评,享有很高的知名度和美誉度。我读过利军的第一本散文集《怀念真诚》,那是一部以文学视角全方位记录武警内蒙古边防部队广大官兵艰苦创业的心灵史,也是一部具有较高思想艺术性和审美价值的文学作品集，充分体现了他出众的文学创作才华和深度表现生活的能力素质。

文如其人。一个人有什么样的思想情怀就会写出什么样的文字。散文最能体现作者的思想境界和艺术修养。利军作为具有30年军龄的职业军人，作为经过各级领导岗位历练考验的优秀部队主官，作为原中国新闻学院的高才生，他既是一位才华横溢、充满激情、热爱生命的人，也是一位对社会、对家庭、对事业极其认真负责的人。即便是在物欲横流的时代，他也依然执着坚守生命理想之高地。因而，他的作品总是洋溢着浓重的家国情怀和澎湃的生命激情，时刻充满正能量，具有很强的思想性、艺术性和可读性。这本闪烁着理性之光的散文随笔集即是最好的例证。

收入这部书的文章，是近两年来他陆续发表在搜狐、新浪博客上的散文随笔作品。或讲述心情故事，或抒发生命感悟，或讴歌真善美，或鞭打假恶丑，皆构思精巧、角度新奇，无论是思想主题的深度开掘，还是创作技法的大胆尝试，都更加纯熟而丰满，达到了较高的审美境界，深得业内专家和网友赞誉。细看全书，几乎所有的作品都始终贯穿着"人应该为什么活，怎么活"这一永恒人生主题，每一篇作品都散发着浓郁的现实生活气息，每一个观点都充分体现了时代的呼唤与人们的心声。有些作品，如《自由》、《学会放手》、《论本事与本分》、《学会面对》、《脚步放慢，心静不言愁》、《责任是活着的理由》等，紧密联系纷繁世相，立意高远，思考深邃，言简意赅，内涵丰富，充分彰显了他对茫茫宇宙、人生万物的独特感悟与发现,很有启发性和指导性。

他最善于从平凡的生活琐事入手,以客观冷静的心态和睿智纯真的眼光,以小见大,独抒性灵,将朴实的人性之美挖掘放大到极致,让人们时时沐浴着人性光辉,感受漫漫生命之旅的美好与光明。比如《生活总有让我们热泪盈眶的时候》、《大爱在身边》、《重拾那些久违的温情》、《敬畏生命亦是高贵》等文章,饱含深情,从容淡定,题材虽小,但主题深刻,发人深省,很受教育。同时,此书写心情、亲情、爱情、友情的文字亦备受网友好评。如《秋晚的别》、《叶落心窗静无声》、《今生,那盏灯只为你点燃》、《那种感觉刚刚好》、《年味儿在心里》等篇什,诗意盎然,语言优美,情韵俱佳,感人至深,让人产生强烈的思想与情感共鸣。事实上,一篇好的散文随笔不仅要有真情真心,还要有真知真味。利军近期一些散文随笔看似随意,毫无技法,实则随法生机,尽数了然于胸,将隽永抒情的小技巧化作贯通天地的大情怀,参透人生,张扬理性,哲韵丰纯,字字珠玑,文短意深,尽显古朴苍茫、悠远深邃之意境。那飞扬灵动的思绪中无不飘满生命大智慧,那充满奇思妙想与真知灼见的美文佳酿,犹如坛坛陈年酱香老酒,滋味醇厚,余香满口,回味绵长啊!

庾信文章老更成,凌云健笔意纵横。

从部队退休以后,他并没有选择游山玩水,而是怀揣梦想继续奋斗。他先后在内蒙古西蒙集团、内蒙古泓碧集团和上海鹏欣集团等多家企业担任过中高级管理人员。近几年，伴随年龄的增长与经历的丰富，他对生命的体验更深，读书写作热情更高，功力越发深厚。利军特别喜爱阅读兰姆的《伊利亚随笔》和培根随笔、蒙田随笔及周作人、梁遇春、梁实秋、林语堂、贾平凹、汪曾祺等大师的随笔小品，深谙中外名家随笔小品创作之精髓。他不仅善于学习借鉴一切优秀作家随笔创作经验，而且独辟蹊径，大胆创新，不断突破自我。此书中的随笔小品，既有上述大家之笔势丰韵，也有沉郁浑厚之个性特点，获得众多网友点赞自然也在情理之中。此外，一些文论也值得称道。如《散文杂谈》、《我看随笔》、《留白杂谈》、《谈"特征有益程度"》及文学评论《诗情画意韩伟林》等，行云流水，辞采飞扬，语言典雅，观点新颖，精辟独到，既有较高的文学专业性和艺术性，也有很强的欣赏性和可读性，全面展示了作者扎实不凡的文学理论素养和较高的审美鉴赏能力。

　　总体上看，这本凝聚着利军心血与智慧的新书，无论是思想深度，还是艺术水准，均达到了很高境界。我坚信，这本书不仅会给广大读者带来无限的惊喜与收获，而且必将给网络文学的繁荣与发展带来蓬勃向上的正能量。

2015 年 5 月 18 日
于浙江宁波

目 录

1	深邃的思考与独特的发现(代序)
1	故里静秋亦清欢
4	叶落心窗静无声
6	歌声飘过手把肉
9	那朝霞般的篝火
11	一百篇博文,一百种心情
13	做自己最好的朋友
15	快乐是一种成熟
17	那种感觉刚刚好
19	心静有故事
21	年味儿在心里
23	马年随想
25	脚步放慢,心静不言愁
27	风雨中山路
29	从容四川
32	这座城市

39	我的老师
42	秋晚的别
44	天堂里的麻将声
46	爱在饺子里
48	那些涮羊肉的味道
50	新的成长
52	吾儿远行
54	为你装扮
56	爱你简单
58	珍惜
60	感受真实
62	谈"可惜不是你"
64	那一份淡紫色的心境
66	今生,那盏灯只为你点燃
68	性格即是命运
70	难得那份云淡风轻
72	这一季花开
74	把握方向

76	生活总有让我们热泪盈眶的时候
79	感受阳光
81	学会面对
83	学会放手
85	学会适应
87	找工作是一种能力
90	合作是一种智慧
93	牵挂是福
95	大爱无声
97	美在距离间
99	工作也是一种快乐
101	自由
102	散步
104	珍惜那些不经意的美
106	今晚,相约在优雅的博客中
108	缘分是永不流逝的飨宴
110	大爱在身边
112	重拾那些久违的温情

114	敬畏生命亦是富贵
116	文明是一种习惯
118	一个人也能快乐
119	真有意思
121	活出分量
123	空杯心态
125	梦想的距离
127	胸有大志才会美
129	岁月远走梦依旧
131	激情与年龄无关
133	永远的礼物
135	今生无悔
137	为你自豪
143	信念的力量
145	做出自己的味道
148	责任是活着的理由
150	风景中的好男人
152	让你出彩

154	学本领就是买保险
155	心中有你
157	朋友别哭
160	自我鼓励
162	有本事就会有工作
163	快乐在路上
165	那份淡淡的友谊
167	给友谊一点时间
169	应聘事故
171	有点浪漫
173	守住欲望的闸门
175	做情绪的主人
177	管住自己
179	旧城北门
181	红尘柔情数排箫
183	摇出灵魂的高度
186	论就业
188	论军人血性之大美

191	论本分与本事
193	论镜头与人头
195	论开店
197	论格局
199	论情怀
201	论开车养生
203	谈情绪化
206	谈反思
208	谈睡眠在子夜
210	谈从众心理
212	谈心智模式
215	谈情商
218	谈女人心思
220	谈写作养生
222	谈红薯
224	谈爱国
227	谈语言朴实之美
229	谈写材料与个人进步

232	谈汉唐文学与时代精神
234	谈禅味与诗情
236	谈"特征有益程度"
240	阅读亦是交流
242	留白杂谈
245	我看随笔
249	散文杂谈
253	写作是一种状态
255	写作也要常态化
257	一书之缘
261	又见恩师
267	诗情画意韩伟林
274	给心灵安个家(后记)

故里静秋亦清欢

有一种情感，唯有经过漫长时空距离的检验，才能发现其真正的美。而今，离开故乡阿尔山已整整三十一载，距离渐行渐远，心却越来越近。

阿尔山系蒙古语，全称叫哈伦·阿尔山，意为"热的圣水"。位于内蒙古兴安盟西北部，横跨大兴安岭西南山麓，被美丽的呼伦贝尔、锡林郭勒、科尔沁和蒙古四大著名草原环抱相拥。这里，森林和草原相连，雪山与温泉同在，湿地与天池共存。森林覆盖率超过64%，绿色植被覆盖率达95%，空气中负氧离子含量非常高，是天然的"氧吧"。阿尔山矿泉是当今世界最大的功能性矿泉之一，至今在市区四周仍分布着冷泉、温泉、热泉、高热泉等温度不同、功能各异的饮用与洗浴的矿泉达百余眼。阿尔山市既是边境口岸城市，也是目前我国最小的城市，全市人口才5万，市区常住人口还不足1万，是一个站在市中心就能呼吸到森林和草原新鲜空气的灵秀之地。

阿尔山四季的风景都很美。夏、冬两季游人最多。而我，最心仪的却是故里的静秋。尤其是经过一季繁华所沉静下来的那种飘逸闲适的美，总能让我感受到生命的静虚与清欢。每年一到9月，那湛蓝湛蓝的天空下，满山满山的金黄色，汩汩流淌的山泉水，牛羊吃草与野狍奔跑的场景，宛若一幅浓墨重彩的油画，把故乡装扮得那么美丽，那么清雅，那么恬静。

就拿远近闻名的杜鹃湖来说，原本是火山喷发的熔岩流在流动过程中堵塞哈拉哈河所形成的湖泊，如今却是令人向往的景点。杜鹃湖的美不在于湖的大小，而是周围分布着其他湖泊少有的火山熔岩奇观。在湖边随便捡一块鹅卵石，放在水瓶里都有可能长出婀娜的水草来。尤其是那烧焦了的褐黑色松树干在寒风中孤独摇曳的景致，总能让人感受到这一季花开的凄美与苍凉。

八年前，回故乡任职，初识杜鹃湖，我便被这里的静谧所震撼。那湛蓝晴朗的天空，那清澈透明的湖水，那金灿四射的山峦，那美丽妖娆的红衫林，连同湖中那舒舒缓缓、漂漂荡荡的水草，把这里映衬得异常宁静而美丽。那恬静而迷人的风情，俨然是一位文静淑雅的少妇，在倾诉着离别的情愁与眷恋。偶尔，若天边飘过几朵悠闲的白云，更会让人体悟到那"宠辱不惊，闲看庭前花开花落；去留无意，慢随天外云卷云舒"的人生况味。但，这还不算最美，最让我痴迷的是那条缓缓流淌的哈拉哈河，穿越茫茫草原与浩瀚林海，所呈现出的那种蜿蜒曲折，逶迤雄浑之壮美，是那么的令我魂牵梦绕啊！那些年，每次下部队检查归来，无论多忙，我总会在这条发源于故乡、流经蒙古国的不冻河畔驻足许久许久，抛去一切红尘的烦忧，静静地去感知那份"明月松间照，清泉石上流"的幽幽禅境，那一刻，无论是怎样的浮躁不安，我的内心总会变得无比沉静与温暖。

许多年过去了，无论走多远，这条河始终在我心底静静流淌。

在故乡，能体现静秋之美的还有离市区5华里的五里泉。此泉水日涌量可达1054吨。水中富含偏硅酸，还有锶、锂等人体必需的13种微量元素和全部宏量元素，对主动脉硬化具有软化作用，对心脏病、高血压、风湿、类风湿、神经功能紊乱、胃病也具有良好的治疗效果。远道而来的蒙古族牧民每次来阿尔山，总要到神泉旁虔诚地系一条洁白的哈达或红丝带，以寄托对神灵的祈福。淳朴的家乡人畅饮上苍赐予的神泉圣水，不仅没有一个得癌症的，而且性格中还平添了一份沉稳、恬淡和从容之美。每年深秋过后，游客稀少，五里泉又恢复了往日的宁静。黄昏时分，聆听山泉潺潺的流水声，凝望着那些前来打矿泉水的山民满载而归、怡然悠闲的样子，我那些镇守边关的日子也充满了无限欢乐。五里泉是生命之水啊！她的香甜，她的温婉，她的纯净，不知润化了我多少莫名的怅惘；那份沉静之美也飘满了梦想的旅途。

故乡的风景犹如天上的星星数也数不清。一座小城，一条街道，一种情怀，不知带去了我多少往事的清欢。某一天，当我走过生命四季的风景，蓦然回首，那条繁华喧嚣的街道早已洒满了深秋的落寂，那个瘦小而执着的男孩儿已双鬓染霜，可是故里乡亲那份沉静、淡定和豁达的情怀，却如血红的枫叶依然深情地飘荡在我浪漫的思绪中。许久以来，游过的名山大川带给我的只是眼前的美丽，唯有故乡的原风景才是我心灵最美的栖所啊！

心在那里，风景即在那里。

叶落心窗静无声

天凉了!

这塞外萧瑟的秋风一阵紧似一阵,远处那片灿黄如金的苍茫草原早已消失在血色黄昏的尽头。此刻,我静静地行走在这淡淡秋晚的寂寞中,不经意间那些飘飞如絮的落叶竟然跌落在我忧闷的心窗,于是那种故人西去的生命焦虑,连同那些生命无常的凄美故事,让我滋生出人生一世、草木一秋的沧桑感怀。

就在今晚,远在东海之滨的儿子打来电话,伤感地说有两个隔窗相望的好同学,下午路过建筑工地时不慎踩在了裸漏的高压线上瞬间而亡,他们昨天刚过完 22 岁的生日啊!孩子那边哽咽着好一会才嘱咐我:"爸妈保重啊!"听后,我甚为这两个花季的孩子而悲伤,也为生命的短暂而难过。

战友利忠,多年前曾协助我抓部队思想理论教育工作。他人实在,又有才华,不久就被调到了总部杂志社工作。他和年轻的妻子怀揣梦想来到繁华美丽的羊城,几年后不仅晋升为副团职,而且还分了120平方米的大房子,一家三口很幸福。谁知,刚满40岁、正处在事业黄金期的他,竟然被诊断为肾癌晚期。四年前,我从基层任职归来,听说他化疗后又重返岗位,很是高兴,我盼着春节时他归来与大家再聚,可是,就在离春节还有不到一个月的时候,他竟因癌症恶化突然离开了人世。

我万万没有想到我们再次的聚首竟然是在阴阳相隔的某个落雪的午后。那天,我和默默陪伴我五年的司机向阳,带着两辆车,还有利忠那70岁的白发苍苍的大学老师以及几个中年的老同学,在清冷空寂的机场大厅静静地等待那个漂泊灵魂的归来。

当我第一眼看到他妻子领着年仅5岁的女儿捧着他覆盖鲜红党旗的骨灰缓缓走来时,我心如刀割一时,竟不知如何才好。那一刻,我突然对生命产生了一种从未有过的敬畏感。人这一辈子说长也长,说短也短啊!世事变幻,生命无常。有时,一次分手就是一世的别离,一件礼物就是一生的纪念,一杯酒就是一生情啊!珍惜生命中的每一天,珍惜过往中的每一个人,珍惜今生的每一份缘。

时光如流水。如今,安放利忠灵魂的那片小树林早已花落四季了。每当我看到他留给我的那盆巴西木几经搬家却依然保持着蓬勃的生命力,我便长时间地想,花落可以再生,人死却不能复生。一个没有经历过死亡考验的人,永远也不会知道能活着该是多么的幸福啊!活到今天,我已经历过两次大难不死了。我永远感恩上苍对我的无限眷顾。与那些逝去的战友相比,我该是多么的幸福啊!

活着是一种奢侈。

歌声飘过手把肉

蒙古歌是草原文化的魂。

到过草原的人都有体会,无论多少次品尝手把肉,最终难忘的却不是这些,而是那些歌舞相伴欢声笑语的热情场面。

我生在内蒙古,却是满族人血统。常年在边防工作,经常与牧民打交道,时间一久,不仅掌握了简单的蒙古语会话,还学会了吃手把肉。手把肉,最早起源于蒙古民族发源地呼伦贝尔大草原,是蒙古、鄂温克、鄂伦春和达斡尔等游牧民族千百年来的传统美食。牛、羊、马和骆驼的肉皆可做手把肉。但现在所讲的主要是手把羊肉。手把肉即是用手把着吃肉的意思。

我以为在辽阔的内蒙古大草原,当数锡林郭勒盟西苏旗、包头达茂旗和阿拉善盟三地的羊肉最好。这些地方比较干旱,生长着沙葱。沙葱是宿根植物,属野生百合科。其根的生命力极强,极耐高温干旱。沙葱含有丰富的蛋白质、矿物质和维生素,尤其富含锌、磷、硒、钙、胡萝卜素及赖氨酸、丙氨酸、谷氨酸、天门冬氨酸等多种微量元素和氨基酸。据《本草纲目》记载，沙葱对增长儿童智力、提高免疫力、防治老年痴呆症大有益处。蒙药典也认为，沙葱具有降血压、开胃消食、健肾壮阳、治疗便秘等特殊功效。羊常吃沙葱，肉质水少鲜香，滑而不腻，香酥不膻。而水草丰美的地方，往往草水分较大，羊吃了以后肉的水分也大，不是特别香，而且比较腻人。

在草原，牧人煮手把肉最原始的办法就是准备一锅清水，把一个整羊卸成几大块往里一放，啥调料也不用，肉煮到略带血丝为上品，沾点野韭菜花、酱豆腐和辣酱或盐面即可食用。这种吃法原汁原味，牧人最爱。但内地人就不一样了，如果羊太肥，白花花的大肥肉，给人视觉效果很腻人，尤其是凉了以后，越发油腻。近年来，随着时代进步，手把羊肉的做法也与时俱进，更加适合大众口味了。

如今，在内蒙古有些地区，煮手把肉不仅放花椒、大料、葱姜蒜，还要加点食盐和酱油，这样煮出的羊肉既未失掉原始风味，又兼顾了内地人的饮食习惯。把煮好的手把肉用木制手绘盘子往桌子上一端，顿时肉香就飘满了整个蒙古包。尤其是在主人用小刀给客人一根一根割羊排那一刹那，棕黄色的大块羊排上闪烁着星光般的点点油珠，那块肥瘦相间、滑而不腻的排骨肉来回颤颤巍巍的，一看就想大吃一顿啊！在羊的前腿部有一块类似于等边三角形的骨头肉，叫苏吉。主人一般会把这块肉分给最尊贵的客人。主人通常用刀剜下苏吉肉后，放在自己手心上，客人也要手心向上去接，然后主人面带微笑把手心上的苏吉肉温柔地扣在客人的手心上，客人才可食用。那种感觉真是浪漫、优雅。

一般来说，一顿成功的手把肉宴会大抵要分几个阶段。首先是主人给客人割肉,之后祝酒,接着众人相互敬酒,最后才是蒙古民族最高礼节——敬献哈达、银碗敬酒。这是宴会的高潮。一般情况下,主人要请专门的乐队给举办仪式。敬酒人数多的有20人左右,少的就几人。一律都是着鲜艳民族服饰、气质高雅的蒙古族女孩,大家手捧银碗哈达,笑容可掬地站在圆桌四周。第一首歌几乎都是《酒歌》开头:"金杯银杯斟满酒,双手举过头,炒米奶茶手把肉,今天喝个够……这酒真诚,这酒绵厚,让我们肝胆相照,共度春秋;让我们心心相印,友情长久。"这轻松欢快的旋律如同一针兴奋剂,让整个蒙古包立刻沸腾兴奋起来,所有的客人都站了起来;那悠扬动听的歌声宛如一股巨大的气流飘过喷香四溢的手把肉,霎时就溢满了草原的每一个角落。热情奔放的蒙古族女孩来到客人面前,敬献银碗酒,并将洁白的哈达高高举过头顶,轻轻搭在客人的脖子上,然后优雅地躬身后退。紧接着《欢迎你远方的客人》《草原恋》《鸿雁》《陪你一起看草原》……这些百听不厌的经典老歌舒缓地飘荡在欢乐迷人的蒙古包里。歌声与舞蹈相伴,真诚与友情交融。此时此刻,那飘香的手把肉,那甘醇的美酒,那美妙的歌喉,早已香飘万里,直至灵魂深处啊!

缘分是永不流逝的飨宴。

每一次吃手把羊肉,总会有歌声和美酒相伴,而每一次酒宴,肉还是那样的肉,酒还是那样的酒,歌还是那样的歌,可人却不是那些人。特别是当宴席结束,曲终人散,互道珍重,依依惜别的那一刻,真可谓"黯然销魂者唯别而已矣"!许多年以后,无论走多远,那些飘过手把羊肉的歌声依然回荡在激动的耳畔。

那朝霞般的篝火

"那朝霞般的篝火,给了我无限的温暖。那白云似的绒毛,为我抵挡多少风寒。无论我走到哪里,都听得见马头琴在歌唱。无论我离开你多远,总闻得到奶茶的香甜。"每一次,听到这首耳熟能详的《草原恋》,不管身在何处,我总会想起边关草原的真情往事。

那时,广阔无垠的大草原虽远离都市文明,但家家都有明月清风,人人都有为众生奉茶的热忱,人与人之间充满了关爱与真诚。那些习惯了游牧生活的蒙古族牧民兄弟,特别纯朴,特别善良,不管你从哪儿来,他们都会以蒙古民族最高的礼节来款待远方的你。如你不喝那便是对他们的极大不尊。所有走进草原的人都会醉倒在牧民的真诚中。

那一年,黄沙漫卷的暮春时节,我和副站长老白一行三人到白彦花苏木参观党支部工作试点。返回时,因风沙很大,我们迷失了方向,转来转去还是在原地踏步。那时还没有手机,通讯不畅,仅有的一部车载电话还坏掉了,根本无法与外界联系。天空越来越黑,茫茫草原,空旷无人,只有我们这辆破旧的212吉普车在孤独前行。就在我们几乎绝望之时,突然发现远方有一束篝火的光亮,我们立马向有光亮的地方驶去。直到夜里11点多钟,我们才赶到牧民巴特尔家。周围寂静,没有一户人家,只有他家白色的毡房和熊熊燃烧的篝火装点着草原苍茫的夜色。

那晚,巴特尔一家像见到了久别的亲人一样高兴,为我们端出了香气扑鼻的手把羊肉、奶茶、奶食品和风干牛肉。望着那朝霞般的篝火,巴特尔领着妻子和女儿手捧美酒与哈达,为我们唱起了草原迎宾曲,并用蒙古语大声说:"欢迎你,远方的客人!来干杯!"他一碗酒喝下去,我们感动得泪眼蒙眬,每人一连喝了好几银碗草原烈性白酒。那个迷人的夜晚,我们真的醉倒在草原纯情的风中了。

大草原不光有温情的抚慰,还用博大无私的胸怀接纳着来自四面八方的贫困儿童。20世纪五六十年代,来自华东的3000多名儿童被国家送到牧民家中抚养。这些牧民用自己的一腔真爱把孩子抚养成人,并且在孩子长大后,告诉这些孩子他们是自己领养的,劝他们想办法找到自己的亲生父母。大草原,正是因为有了这些淳朴善良的牧民,才有了蓝天白云的晴朗和一望无际的辽阔。如今,随着过度开采和不断沙化,草原已不再是水草丰美、牛羊成群了,但那份真诚淳朴的牧人情怀依然像朝霞般的篝火静静地燃烧在茫茫草原。

一百篇博文,一百种心情

一百篇博文,一百种心情。

我做梦也没想到我的生活会因网络而改变,不必说上网的热情是多么大,单说这写作的劲头就让我引以为豪。短短一年时间,在繁忙的工作之余,我完成了100篇用心写就的博文。这是心路历程的真实写照,更是追求梦想的精神支柱啊!

作为生活在大时代的小人物,我们有太多的感慨、太多的疑惑甚至迷茫,尤其是伴随着中西文化的相互交融,各种思想潮流、价值观念和生活方式无时不在影响和改变着我们。面对社会变革的大潮,那些曾经高大伟岸的身影轰然倒塌,不仅砸碎了我们的精神偶像,也极大地伤害了我们的心灵。能否重新拾起人生信念的旗帜,与民族前进的脚步风雨同行,带着灵魂深处最真的拷问,我义无反顾地出发了。在讴歌真善美的精神之旅中,我孜孜不倦地追寻着人性的光辉。我知道我的水平有限,我明白我的知识欠缺,但我愿意用一颗真诚的心去拥抱火热的生活，用生命的余温去抚慰那些受伤的心灵。

当牢骚与无奈同在，当无知与浮躁结伴，我要说，也许这个国家还有很多让我们失望的地方，但她依然是我们灵魂最美的驻地啊！有失望也有希望，有贪污腐化也有默默付出，有投机钻营也有慷慨赴死。每当看到神舟飞船发射成功的精彩瞬间，我就会想到那些为祖国航天事业无私奉献的官兵们；每当看到整洁干净的都市街道，我就会想到那些清扫卫生的黄色身影；每当看到那些舍己救人壮烈牺牲的感人画面，我的灵魂就会得到新的净化与洗礼。其实，大爱未远走啊！只要我们心中有爱，平凡的世界就会充满爱。只要时刻欢乐着人民的欢乐、忧患着人民的忧患，我们的博文就会充满人性的味道。

这一百个心情故事，包含了我对生命、对社会、对国家浓浓的深情，也书写了我对温暖亲情、友情和爱情的无尽思考与痴痴珍爱。一篇博文即是一张面孔。好博文的魅力在思想，优美的语言在心灵，美丽的点赞在真诚。未来的日子，不管写作热情还能持续多久，也不管工作多么紧张和劳累，我始终会把写博文当作生命的一部分。我愿用无限的温情去聆听这个时代最动人的旋律；我愿化作一根渺小的蜡烛，为人们带去蓬勃的生命之光。

做自己最好的朋友

人生是一个不断自我修炼完善的过程。

许多时候,我们在茫茫人海中不停地找寻自己心仪的朋友,幻想着彼此共享欢乐与分担烦恼。然而,走着走着,不知不觉,我们就老了。某一天,当繁华散尽、人去楼空之时,蓦然回首,原来这些年与自己朝夕相处、相知相守的那个疲惫的身影不是别人而是自己。因为心在别处,常常淡忘了自我的存在,才让心灵的清欢成了久违的奢侈。做自己最好的朋友,才是生命中最快乐的理由。

做自己最好的朋友,不是孤芳自赏,更不是唯我独尊,而是时时刻刻心平气和地与自己交流:我们来到这世上到底是干什么来了?我们的梦想在哪里?我们的目标在那里?我们的希望在哪里?想明白了,就要去行动,去追求,去奋斗,而不是整天浑浑噩噩地混日子,做一个平庸无为之人。做自己最好的朋友,就要时刻反省自己的言行,适时修正自我,完善自我。时时警醒自己,哪些是我想要的,哪些不是我想要的;哪些事能做,哪些事不能做,牢记本分,守住底线,让生命之路规范运行,做一个有益于国家和民族的人。做自己最好的朋友,就要看清这红尘内外的风景。走过很多路,见过好多人,有些风景看了又看,却无法记起;有些人虽是偶遇,却刻骨铭心,但距离遥远,无法走近。这,就是人生!人世间得不到的东西永远是最好的。要学会释怀,学会淡然、从容地去面对一切。做自己最好的朋友,就是要懂得珍惜生命中的一切,包括亲情、爱情和友情,时时叮咛繁忙中的自己,不要为了名利,淡忘了那个曾经给我们爱的力量的家啊!家是港湾,家是希望,家和我们同经风雨,家帮我们驱散孤独,家永远是一扇敞开的门,唯有这里,才可让我们漂泊的灵魂获得长久的安放与抚慰。做自己最好的朋友,就是要清楚,在这个世界上从来就没有救世主,一切都得靠自己打拼,别指望谁来拯救自己,只有内心的强大才是真正的强大,只有内心的平安才是真正的平安。在充满挑战与艰辛的生命之旅中,只有不断自我加压、自我鼓励、自我调适,才能让懦弱变成强大,让痛苦变成欢乐,让绝望变成希望。

做自己最好的朋友,你的人生从此与众不同。

快乐是一种成熟

真不知道人活到啥时才算成熟。

过去在机关一干就几十年,同事之间的关系也比较复杂,整天还得琢磨领导的心思,心里生气,脸上也得挂着笑,挺闹心。退休后当了白领,虽压力大,可挣得多,也算公平。唯独一点不好受,那就是今天你来,明天他走,如同大车店一样,人际关系不再复杂,但也冷漠了许多。人与人相处,其实就是缘分。一起久了,总有种说不出的留恋和难舍。前几天,我们四人还一起风风火火地表演三句半,今天就剩三人了,每每望着那个空落落的座位,心里总像翻倒了五味瓶似的不是滋味。

记得去年我刚到公司那会儿,老总让我组织一个欢送酒会。本以为大家高高兴兴地说点心里话,唱唱歌,喝点酒,是一件很浪漫的事,可我万万没想到,老总把我给准备的祝酒词还没念完就跑到一旁哭去了,紧接着离职的两位也泪眼蒙眬,几个女孩更是啜泣不止,整个气氛一下搞得悲壮了。那一刻,我忽然意识到自己惹祸了。

人在旅途,相聚的日子短暂,相知的岁月却很漫长。

今年3月,年近半百的副总经理老赵离职了,好多人都来看他,甚至被他批评过的员工也来为他送行。平时一向严肃的他,竟变得那么淡定而乐观,他的快乐就像细菌一样,迅速感染了周围的每一个人,没有人再哭泣,都是在祝福。一个人能把欢乐写在脸上,把痛苦留在心理,那是信念的坚定,更是心智的成熟。也许,老赵从此会消失在茫茫的人海中,他的名字也会很快被人们所淡忘,但他留给我们的那个快乐而成熟的背影,必将永驻心间。

那种感觉刚刚好

一种感觉即是一种心境。

说不准是从哪天晚上开始我与这植物园结下了不解之缘。记得孩子上高一时,为了他们母子上班上学方便,我们才离开自治区公安大院,买了学区房。一中是呼和浩特三所最好的自治区重点高中之一,原名古丰书院,系百年名校,三面绿水环绕,四周杨柳依依,距市区最繁华的中山西路仅有2里之遥。我家就在一中后面,地势较高,前面是缓缓流淌的乌里沙河,后面是绿意莹然的植物园。住在小高层附跨单元,一梯一户,非常幽静。一个单元仅6户,大家都是从市区各地移居而来的,过去谁也不认识谁,更没啥瓜葛。平时,来去匆匆,各忙各的,偶尔见了面客客气气地问声好,那份清淡如诗的欢乐会持续好久。尤其是夜幕降临,站在5楼阳台眺望远方霓虹闪烁的华彩之光,小区与繁华的市中心那种隔岸相望、若即若离、亦动亦静的美妙感觉真是刚刚好啊!

每天晚饭过后,卸去一天的疲惫,我总会在昏黄柔美的路灯下,伴着悠然的思绪,顺着河堤向后面的植物园惬意独行。若一天不去,总好像缺点啥似的。花开花落,四季更迭,这一眨眼的工夫,孩子明年就要大学毕业了,我在园子里漫步也整整三个春秋了。来园子里散步的人换了一拨又一拨,唯一不变的是那份远离浮华的沉静心态。

今晚,当我再次来到植物园时,已是塞外百花凋零的深秋了。前一阵因忙于事务一直没过来。那条曾经走了多次的静谧小路不知不觉竟落满了零乱的黄叶,夏季原本厚重繁茂的树枝也变得如同古稀老人的头发,少得有些可怜,给人一种生命轮回的感觉。不管白天多么浮躁不安,夜晚一走进这里,我的心就会变得沉静如水,头也格外的清醒。这里埋葬着一个伟大的灵魂——乌兰夫。每次行走在浓浓的夜色中,与其说是一个人在漫步,不如说是一群人在接受进步思想的洗礼与熏陶。特别是乌老那块简单又普通的墓碑,宛如一把人性的尺子,无时不在丈量着过往灵魂的高度,让每一次轻松的漫步变得更加意味深长却又无以言表,那种感觉刚刚好!

心静有故事

繁华过后便是宁静。

我不知道这个浮躁不安的年代是否还有心灵独处的空间,我也不清楚在一切价值都体现在金钱物欲的拥有上,内心深处那份纯真的情怀还能保留多久?

每每经过一天的劳作,夜半时分轻轻打开心爱的博客,咀嚼着一篇篇精彩的博文时,我仿佛重返纯真年代,又充满了青春的活力与朝气。我丝毫不反对在能力所及范围之内去追逐合理的物欲满足,但也特别推崇那种游走于红尘内外却心静如水而浪漫依然的平淡生活。近来,闲暇之余,到好友博客稍稍小坐一番,忽见几位江南才女光芒四射,诗词歌赋文,样样皆了得,或箫,或笛,或二胡,几番赏读妙文或诗词之间,无数次聆听颇具伤情温婉之古乐,陶醉于绝美的意境之中。诗情画意总相宜,眼前如梦似幻,长发披肩的白衣女子以箫为伴,长歌当舞,纵情山水之间,尽显才女风范,潜心创作于寂寞之中。想来,心灵独处空间何等之大,令人钦佩不已。生于浮华不安、物欲横流之时,却能虚极静笃、心静如水,实为才情兼备,深谙禅道之高人。既然改变无力,何不钟情于灵魂洁白无瑕,入世亦出世,不求闻达于诸侯,不以物欲而悲愁,平淡从容,率真洒脱,亦诗亦词亦古乐,永不添乱于社会,心静自然有故事。

年味儿在心里

当春运成为一个民族情感流动的符号,年味儿便越发显得真纯而美好。

昨晚下班,广播电台播放有关年味儿的节目,我边开车边收听,盼着能获取一些有关年味儿的最新观点,可是,一直等到回家我也没听出到底啥是年味儿来,很是失望。其实,过大年从最艰苦的过去说起,大人小孩最大的愿望也不过是吃好的、穿好的,一家老小团聚在一起吃顿年夜饭罢了。秉承有钱没钱回家过年的传统理念,不管儿女身在何方,路途多远,历经怎样的艰难,一家人总要在大年三十这天赶到老家团聚。

老家,永远是一扇敞开的门。那里是你亲情归宿的终点站,那里是你艰辛奋斗的加油站,那里是你重新启程的始发站。

正因如此,远在异乡的游子,每年一进腊月就开始盘算着怎么买票、请假、回家过年的事儿了。有时,即便买不上卧铺,坐在拥挤的列车过道,也要拎着大包小包拼命往家赶;尤其是当一家人坐在归乡的火车上,望着车窗外阵阵掠过的田野风景,心里恨不得马上就能看到白发苍苍的老爸老妈在厨房里忙活着。那情景、那感觉、那期盼才是真正的唯美、难忘啊!年味儿不仅在鞭炮里、新衣里、美食里,还在游子归乡的心里。

年味儿即是人味儿!

马年随想

马年是我和妈的本命年。转眼间,退下来已经两年了。古稀之年的老爸老妈一直关心着我的工作和生活。隔几天就要打来电话询问我的情况。我知道,正当干事创业的好年华,人一退下来,如不尽快安排好自己的工作和生活,恐怕人生从此就会走下坡路。多年的学习和积累,使我始终对未来充满必胜的信心和无限的热情。虽然应聘过几家大的集团公司,担任过中高级管理职务,薪酬也不错,但我始终没有停止追求的脚步。我想,自己经过几十年奋斗,解决了后半生衣食无忧的问题以后,我还要干一点自己喜欢干的事。人活到老、学到老、改造到老。因为有所作为是生活的最高境界。

一个人不仅要挣钱,还要值钱。把自己放在社会大的竞争平台上,到底能值多少钱,岗位和薪酬就能说明问题。只要你是凭正当劳动所得,你赚的每一分钱、取得的每一份成就都是对社会、对家庭、对父母、对孩子的一种责任和荣耀。即便是最终没有太大的成功,自己也会今生无悔,不白活一回。那种退了休就整日钓鱼、玩麻将的生活,我是赞成的,但对我来说是没有意义的。现在当白领,每天和一些跟自己孩子一般大的同事打交道,我似乎也变得年轻起来,充满了青春的活力和笑声。对我来说需要的不是能力,而是勇气和耐心。每当年轻的同事经过我的指导完成某项重大任务时,看到他们疲惫的脸上露出舒心的笑容,我就会有一种从未有过的成就感和自豪感。

  一个人,得到别人的帮助是幸运的,帮助别人是快乐的。我们在为自己创造财富的同时,也在为社会奉献着爱心。岁月的流逝,不但能让生命的品质随着付出而慢慢提升,而且会让真诚的爱心唤起社会的良知与责任。

脚步放慢，心静不言愁

跑得快未必先到终点。

每早上班，在通往单位的路上，我总会看到一些人把车开得飞快，好像百米赛跑似的，生怕自个儿落后。可是，每次到达终点后，我发现跑得最快的人多数还在半路，不是发生了车祸，便是被堵在路口。而那些稳驾慢行的却一路不停，先到了终点。

其实，人生何尝不是如此呢？

平时，为了梦想，为了名利，为了那些别人眼里的虚荣，我们常常像一台上满发条的机器终日不知疲倦地高速运转着，不愿停顿，不愿休歇，不愿放慢前进的脚步，生命中的一切风景都在眼前匆匆而过，起早贪黑，加班加点，像是在奋斗追求，实际是在拿生命赌明天。总好像梦想明天就要实现，而这一切还只是过程的开始。虽然一路打拼收获很多，但莫名的烦恼、抱怨和愁绪更多。甚至有时顾不上听一听年迈父母的电话唠叨，来不及看一看妻子亲昵的表达，忘记了品一品老友捎来的普洱，生活的许多乐趣都在物欲的追逐中失去了应有的滋味。

某一天，当我们忙累了或生病了，终于可以放慢前进的脚步了，你会惊奇地发现原来人生除了奋斗与追求，还有那么多快乐可拥有啊！人在旅途，豪迈激情与浪漫情怀总是结伴同行，有时在繁忙而紧张的打拼中懂得放慢脚步，把拉满的弓适度放松，这不是后退而是前进哪！

学会放慢脚步，不是让你放弃梦想和目标，而是让浮躁的心绪沉静下来，让慌乱的脚步淡定从容，让迷失的自我重新定位，抓住机会，蓄力前行。脚步放慢，可以看清自己，反省自我，平衡心态，且行且珍惜；亦会看清别人，分清亲疏远近，把握距离分寸。脚步放慢，让那些淡漠的亲情和友情重返生活，让忧闷烦乱的情绪爽朗清新，让疲惫的身心舒展释怀，真正活出健康与精彩。

走进寒冬，脚步放慢，躲进郊区僻静小馆，远离浮华与喧嚣，观风雪夜归人，吾小酌黄昏后。温一壶酱香老郎酒，砌一杯甜润金骏眉，赏一曲肖邦钢琴曲，两碟小炒，一盘风干肉，把酒清欢，独处静心，荡尽红尘一切烦愁，笑把往事看淡在风中，忆往昔峥嵘岁月，展今朝任重道远，莫使金樽空对月，人生得意须尽欢！

风雨中山路

一条路书写了一个民族的历史。

在今天的中国,无论是大陆还是台湾,尽管许许多多的城市都有中山路,然而并非每个城市都能享受到这个耳熟能详的路名所带来的那份无上荣光与自豪。唯有古都南京的中山路宛如一颗耀眼的明珠,让这座雍容华贵的历史文化名城绽放出无比璀璨的理想之光。

记忆中,我曾三次走进南京,不管是闻名遐迩的桨声灯影里的秦淮河,还是风景如画、碧波荡漾的玄武湖,以及那令人心驰神往的栖霞山,终未能勾起我些许的写作欲望和热情。只有走在这条繁华而厚重的中山大道上,我才真正找到了灵魂的归宿,感受到了梦想的真实与伟大。据介绍,南京的很多路都与这条路有关。中山大道由下关中山码头至城东中山门,初名叫迎榇大道,是为迎接孙中山先生灵柩奉安中山陵而建设的。1930年10月3日,国民政府第九十六次国务会议修正通过的《首都干路定名图》，将此干路分为3段：中山码头至鼓楼，取名为中山北路；鼓楼至新街口，叫中山路；新街口到中山门，为中山东路，全程15.22公里。这三段路名一直沿用至今。

曾几何时，因为有了这条路，才有了巍峨壮观的中山陵；因为有了这条路，才有了雨花台革命先烈的慷慨赴死；因为有了这条路，才有了南京几十万抗日军民视死如归捍卫民族尊严的壮怀激烈。正因为在这条路上留下了孙中山先生为民族复兴而殚精竭虑、呕心沥血的执着身影，凝聚了无数仁人志士不屈不挠、舍身救国的伟大民族精神，才激励着亿万华夏儿女为实现中国梦而自强不息、奋斗不止。

抚今追昔，中山路早已成为这座城市精神品格的象征。

如今，南京的名胜古迹随处可见，尤其是那美丽妖娆的秦淮画舫更是令人流连忘返。可是无论是怎样的魅力无穷，我以为都无法与这条路相媲美。几天前，我到南京开会，在繁忙的工作之余，我特意挤出1个小时的时间，披一身蒙蒙细雨，驻足在梧桐树下人流如梭的中山北路，那一刻，穿越风雨如晦的时光隧道，我仿佛走上了那条通往民族复兴的光明之路。

从容四川

写一个地方就是在写一种精神。

10年前我曾去过四川，前不久陪父母故地重游，收获颇丰。那里有令人向往的峨眉山、乐山、青城山，有神奇的九寨沟以及李白、苏轼、郭沫若、巴金等大文豪，还有驰名中外的麻辣火锅，但这些并未真正给我留下多少印象，相反，倒是那里的人淡定从容的精神让我肃然起敬。

那天上午，我们顶着深秋的毛毛细雨，来到位于成都市南门的武侯祠参观。我带着无比崇敬的心情驻足在诸葛亮的雕像面前，那一刻，透过历史的刀光剑影，我仿佛看到了当年诸葛亮面对司马懿大兵压境的危难局面，一个人在城楼上潇洒弹琴击退10万精兵的壮观场景，那份淡定从容成就他了一生的传奇，也深深地植入了巴蜀人文的血脉。出生在眉山的宋代大文学家苏东坡，一生仕途坎坷多难，但他始终以"一蓑烟雨任平生"的淡定从容心态，勇敢而乐观地面对一切,最终取得了卓越的文学成就,令人望尘莫及。从四川广安走出的一代伟人邓小平,政治生涯三起三落,但不管境遇如何,他总能看得开、放得下,淡定从容,泰然处之,以自己顽强的毅力和精力,实现了伟大的政治抱负,功绩彪炳史册。

震惊世界的汶川大地震至今已经过去6年多了,但巴蜀儿女在灾难中所彰显的那种淡定从容的精神特质却一直感动着我。记得汶川地震那天下午,只有两扇小门的北川县委礼堂内,一个有几百人参加的会议正在举行,其中有300多名学生。面对惊慌的人群,北川县县长经大忠淡定从容地喊道:"党员干部留下,让学生先走!"把生的希望留给了孩子。简单的一句话,让幸免于难的孩子们感动一生啊!当年映秀镇鱼子溪小学二年级学生林浩仅9岁,是年龄最小的抗震英雄。作为班长,在被埋废墟时,林浩以成人般的淡定从容带领同学一起唱《大中国》,战胜恐惧。爬出废墟后,发现一名昏倒的女同学,他立即把同学背到安全地带。紧接着,他又救出了另一名受伤的同学。当时,他的头部被砸伤,手臂也严重拉伤。医生给他检查完身体后,他没有接受救助站的帮助,而是自己步行赶到了安全的都江堰。

少年强则民族强。类似林浩这样勇敢的孩子在汶川地震中还有很多。他们在大灾面前所表现出的那种淡定从容的心态,让我看到了一个民族的希望。

在四川,这种淡定从容的心态不光体现在危难时刻,也渗透在平时的生活中。如今,在成都锦里和宽窄巷子,或是其他街巷,茶馆很多,那种远离北上广的淡定从容之美几乎随处可见,甚至夜晚漫步在霓虹闪烁的春熙路,你也会感染上这座城市的温婉与浪漫。就像一位作者写道的:"我喜欢四川人,喜欢他们生时怡然享受生活,死时从容淡定;喜欢那种自然、悠闲、唯美的生活气质和心态。"一位出租车司机曾跟我自豪地说:"泡茶馆,搓麻将,是咱四川人最喜爱的休闲娱乐方式。大家不管穷富,经过一天的劳累之后,总要到茶馆享受一番悠然自得的美妙。人要创造生活,也要享受生活,这是一种从容的生活态度,更是一种豁达的人生观。"那个雨落心窗的午后,他这番弥漫着老庄哲学氤氲的话语,让我收获了很多。

离开四川的头一天晚上,披一身旅途的风尘,我独自来到一家格调书店,倚窗而坐,品一杯淡雅清香的峨眉绿茶,读一本蔡澜先生的小品集《看得开、放得下,才是人生》,伴着轻柔舒缓的小夜曲,静静地凝望那些在烟雨中挥洒浪漫的青年男女,我忽然意识到,这里的人能活得这么淡定从容、轻松悠闲,不正是因为他们心胸宽阔,凡事都能看得开、放得下,深刻领悟了生命真谛的缘故吗?一想到这些,满世界都是晴天。

这座城市

(一)

时光飞逝,不知不觉我在呼和浩特已整整生活了20年。

从最初求学到后来定居,从懵懂青年到人近半百,细数人生奋斗的每个瞬间,我的青春、我的希望、我的灵魂,宛若涓涓流淌的小溪,早已融入了这座城市的血脉。甚至我的喜怒哀乐都与这里的一草一木息息相关。相对于这座城市,我永远是渺小的。而对于我,这座城市却是那么崇高和伟大。虽建城仅400多年,但她厚重的历史文化底蕴却让我激动不已。

据史料记载,早在战国时期,公元前306年,赵武灵王就在阴山脚下筑长城,设有云中郡,郡治故址在今呼和浩特西南的托克托县境内。秦始皇统一六国,设三十六郡县,云中便是其中一郡。公元708年(唐中宗景龙二年),唐王朝在呼和浩特周围东、中、西设3个

"受降城"。公元10世纪初,辽国在此设立天德军及丰州。丰州故址在今呼和浩特东南的白塔村附近。1572年(明穆宗隆庆六年),蒙古土默特部领主阿拉坦汗(即俺答汗)来丰州一带驻牧,不久统一了漠南地区。见此地水草丰美,风光秀丽,便和妻子三娘子在此筑城。因城墙系用青砖砌成,远看呈一片青色,故称"青城",蒙古语译为"库库和屯",是呼和浩特的谐音。明王朝赐名为"归化城",意为归顺化一。阿拉坦汗思想开明,化干戈为玉帛,主动与中原地区展开和平互市,并接纳大批内地汉民来此做生意,使这里农牧业生产开始恢复,商贸极为活跃,一度成为当时西北著名的商业重镇。他去世后,三娘子率领其部众与明政府继续进行友好互市往来,并不断拓宽渠道,吸引更多的内地汉民来发展经济,使蒙汉两族不用兵革达30年之久,边疆各族兄弟姐妹和谐相处,亲如一家,从而大大促进了各民族经济文化的大融合。也就是从那时起,团结、包容、进取、勇敢的精神文脉深深地印在了这座城市的每一个角落。为了纪念三娘子的功绩,人们把青城也叫"三娘子城"。后来,清政府为巩固北疆,又在归化城东北五里处修建了一座供满洲八旗军驻扎的城池,命名为"绥远城",意为绥靖远方。当时,人们称绥远为新城,归化为旧城。后来,呼和浩特也被称为"归绥"。1928年,绥远建省,将归绥城区设为归绥市,作为省会。1954年,撤销绥远省,组建内蒙古自治区,并将归绥改为呼和浩特,作为内蒙古自治区首府至今。

(二)

如果说阿拉坦汗和三娘子为这座城市奠定了坚实的基础,那么王昭君则为民族团结树起了不朽的丰碑,也成为呼和浩特的另一张文化名片。

具有落雁之美、位列中国古代四大美女之一的王昭君,汉元帝时被选入宫。公元前33年(汉元帝竟宁元年),匈奴呼韩邪单于入朝求和亲,王昭君为了汉匈两族能够世代团结友好,自愿出嫁匈奴,后立为宁胡阏氏,即胡汉友好皇后,为民族团结事业奉献了毕生。昭君出塞后的60年,是汉匈和睦相处的60年,也是包括呼和浩特在内整个漠南地区和平发展的60年,出现了"牛马布野,人民炽盛"的繁荣景象。饱经战乱之苦后享受了60年和平生活的各族人民,深深地爱着王昭君。相传,王昭君是天上的仙女,下嫁呼韩邪单于。她出塞时,和呼韩邪单于走到河边,只见朔风怒吼,飞沙走石,人马不能前进。昭君款款弹起了她带的琵琶,顿时狂风停止呼号,天上彩霞横空,祥云缭绕,地下冰雪消融,万物复苏。一会儿,遍地长满了青草,开遍了绚丽的野花。远处的阴山变绿了,近处的黑水澄清了。飞来了无数的白灵、布谷、喜鹊,在他们头上盘旋和歌唱。呼韩邪单于和匈奴人民高兴极了,于是,就在黑水岸边定居下来。后来,呼韩邪单于和昭君走遍了阴山和漠南草原所有的地方,他们走到哪里,哪里就水草丰美,人畜两旺。昭君去世后,远远的农牧民纷纷赶来,他们用衣襟包上土,一包一包地垒起了昭君墓。这美丽的传说,真实地表达了人民对这位伟大女性的无限敬仰和思念之情。至今,呼和浩特城南黑水河畔,那巍峨壮观的昭君墓,既是一个人的丰碑,也是一种精神,更是一座城市纯洁、宽容和善良的象征。

车尔尼雪夫斯基曾说过:"生活即是美。"我所居住的这座城市,除了用炒米、奶茶、手把肉、飘香的美酒和洁白的哈达迎接各方宾朋,还有声势浩大的那达慕大会,让人们尽享草原文化的粗犷与雄浑。无论是赛马比赛,还是搏克摔跤,处处都体现出更高、更快、更强的奥林匹克精神,彰显着草原儿女挑战自我、勇敢顽强的旺盛斗志,充分展现了这座城市不甘落后、永争一流的精神风貌,也让更多的人看到了这个在全国少数民族自治区首府城市中 GDP 增速曾连续 5 年保持第一的风采。不用说那刚刚建成的现代化火车东站,给这座民族城市增添了多少耀眼的亮色,单说那气势恢宏、集民族与现代特色于一体的内蒙古博物院和乌兰恰特大剧院,就足以让中外游客眼界大开。那高楼林立、人如潮涌的中山西路,依稀可见当年归化城车水马龙的繁华美景。尤其是北门附近那令人向往的伊斯兰景观风情街,仿佛把人们带进了中东阿拉伯世界。夜晚,微风习习,霓虹闪烁,休闲遛弯儿的各族群众,徜徉在欢乐祥和的氛围之中。那街头清真小铺煎饼果子的传统叫卖声,连同百年老店麦香村门前宝马、奔驰、豪车出没的现代派,以及天元、维多利这些高档商厦的玉树临风,悄然构成了这座城市不同的岁月风景。在这个洋溢着粗犷豪放之美的城市,勤劳而淳朴的人们挥手之间总是那样坦荡而从容。

去年,我陪父母到南方某城市旅游,在公交车上两位 70 多岁的老人站在那里,竟无人让座,这与"六朝古都"的名声极不相称,让我沮丧了很久。而在呼和浩特,在公交车上让座已成为多数人的习惯。文明不再是空洞的口号,而是一种习惯,一种无言的自觉。有时,只要我们前进一小步,社会就能前进一大步。最让我惊诧的是,这里的好多人都把学习当成了一种时尚。每到节假日,图书馆和书店里,总是人满为患,连空气中似乎也弥漫着浓浓的书卷气,让人们时刻能感受到这座城市的品位。

（三）

每一次走进这座城市,仿佛走进了一座精神的家园。

在离我家不远的那座郁郁葱葱的植物园里埋藏着一个伟大的名字——乌兰夫。作为土生土长的青城人,他为民族解放大业而不惜抛头颅洒热血的崇高精神品格,就像一把永不熄灭的火炬,时时点燃这座城市奋发图强、超越自我的希望之火,激励着更多人在默默地奉献中实践生命的价值。现任内蒙古自治区锡林郭勒盟阿巴嘎旗洪格尔苏木萨如拉图亚嘎查党支部书记廷·巴特尔,系高干子弟,其父亲廷懋,曾是中顾委委员、内蒙古党委第二书记、人大常委会主任、内蒙古军区政治委员,共和国首批少将。有这样的背景,自然是典型的"官二代",他完全可以在位高权重的岗位上施展才华。可他没有。1974年,他响应毛主席的号召,从呼市下乡到偏远的锡林郭勒盟牧区,一干就是38年。家里要他返城时,他对父母说:"我的事业在萨如拉图亚,我深情地爱着这片草原!"从城市青年到优秀基层党支部书记,从将军之子到草原之子,他把人生最宝贵的青春年华献给了茫茫锡林郭勒大草原。也让这座城市的精神再一次发扬光大。相比之下,那些因不公而牢骚抱怨,甚至滥杀无辜的人,竟显得那么渺小而丑陋。

最让我感动的是这座城市还涌现出了时代丰碑牛玉儒。这位人民的好书记,在有限的生命历程中,把无限的激情与赤诚,都无私地献给了这座城市。他用宝贵的生命诠释了立党为公、执政为民的理念,深受万民拥戴。他的灵车从北京回到呼市的那天清晨,连上苍也被感动了,原本晴朗的天空,突然下起了滂沱大雨,好多陌生的牧民群众站在雨中默默地自发打起了"牛书记,一路走好!"的巨型横幅。那一刻,我看到了一个人生命尾声那壮丽而震撼的一幕,也第一次见证了这座城市的良心。

那一年"非典"时期,这里瞬间成了重灾区,全国都在关注。人与人之间,不管认识与否,那份心手相牵、共克时艰的真诚关爱,就像一股股滚烫的暖流至今仍流淌在我的心间。有一位医生,自己的女儿也得了"非典",可她顾不上呵护自己的孩子。为了挽救更多的生命,她流着泪依然坚守在抗击"非典"的第一线。特别是在2002年12月14日,那场抢救落水儿童的战斗中,英雄群体郝龙彪、刘业、王超三位烈士,他们用生命挽起生命,奏响了一曲舍己救人的时代赞歌,让这座古老的城市在新世纪的征途中再一次绽放出无比璀璨的人性光芒!

人类对真善美的追求是永恒的。

粗犷豪爽的城市性格和琴声悠扬的艺术氛围,让这座城市走出过了如拉苏荣、德德玛、金花、腾格尔、韩磊、三宝等一大批著名艺术家。这里因他们而骄傲,他们也因在这里成长而自豪。在明星大腕绯闻不断的今天,人们听不到他们的绯闻,也找不到他们的瑕疵。他们深深地懂得是这座城市给了他们机会,让他们走向全国、走向世界。所以,无论在哪里,自己永远是这座城市文明的化身。他们都是一线明星,但淳朴、真诚的性格没有变,感恩的心态没有丢。韩磊曾经见义勇为负过伤;德德玛得知南方大雪灾,依然拖着病体参加赈灾义演。他们就是这样时刻用人性的脚步,不断传递着社会正能量,让这座城市的精神圣火传遍四面八方。

然而,当历史的车轮进入21世纪后,面对物欲横流的诱惑与侵染,这里也曾有过高官因贪污受贿而落马。但是,他们的丑恶行径,永远无法与这座城市的圣洁和伟岸相提并论。

这座城市给了我太多人性的温暖和力量,让我二十年生死相依,不离不弃。我是那样如痴如醉深情地爱着她。在那艰难困苦的日子里,她就像一种无形的力量激励着我攀登生命的高峰。也许,今生我还会走很多城市,但无论身在何方,我永远不会忘记这里。面对浮躁不安的时代,一个能够让灵魂安静的地方,永远是最美的。

我的老师

几十年的职场生涯，无论是作文还是做人，父亲永远是我的老师。

父亲，许多年来，我一直想写篇感恩您的文章，但终未动笔。不是咱父子感情不深，而是您的种种好处早已塞满了我记忆的心门，一时不知从何说起。今天是父亲节，看到网上一篇篇浓情的文字，我也情不自禁地拿起笔重温那些动人的章节。

您5岁就没了母亲，爷爷又不识字，乡下生活很贫困。上高小的时候，您因为冻坏了脚，无法上学，只好在家自学。当时乌兰浩特市一中是当地最好的学校，修学半年以后，期末全校统考您得了第二名。之后，1958年"大跃进"，工作好找，爷爷考虑家里的经济情况，执意让您辍学上班，尽管校长答应一切费用由学校承担，但您还是流着泪离开了学校。您虽然只有高小文化，但勤奋好学，谦虚诚实，很快在商业系统出了名儿，从镇上供销社的会计、主任到商业局工会主席,最后按照副处待遇退休。一路走来,您的成长进步靠的就是学习。您和您的儿子一样,人在官场却不愿左右逢源,刻意讨好。一切都是凭着自己的真才实学而奋斗,无论是过去还是现在这些官场大忌,您和您的儿子一辈子都没有读懂。尽管如此,您的几件事却影响了我一生。

一个是如何对待权力。当年,在计划经济时代,供销社主任是很实惠的差事。人家找到您要买两条好烟,答应给家里拉一车烧火柴,可您却硬让其把烧火柴拉到单位用。为这事,妈埋怨了好一阵子。我虽不谙世事,但我却知道您是在为单位着想而不是为自己。我走上领导岗位后,一直用您的事迹警醒自己,一定要用好权啊!

您一辈子特别勤奋好学。学习成为您的一种生活方式。新版《新华字典》刚一上市,您就买了一本,用钢笔一个字一个字工工整整地抄写了一遍,而且记忆很好。您不仅是商业系统的业务尖子,经常获奖,而且还是局机关的大笔杆子,写的公文材料特棒,每一年的总结表彰大会,主报告都由您执笔。我开始写新闻稿件,总觉得自己写得不错,可到您手里几下子就给改得啥也不是了。您让我好好对照一下,结果我发现自己写得很冗长、很空洞、没内容、没深度。与您相比,我自叹不如啊!后来,我在一线部队当报道员,您还记得吗,有好多新闻稿都是由您一字一句润色修改然后再亲自送到报社发表的,甚至有的稿子基本是您重新写的,可最后报上刊登的却是儿子的名字。我心里既高兴,又愧疚。若干年后,我用稿费给您买了一瓶茅台,您笑着说:"还是我儿子的文笔好啊!"可我深知没有您的言传身教,我是不可能在写作上有任何成就的。

这些年,您的爱伴我一路成长,让我在不断的学习中提高自我,超越自我。您高雅的爱好也一直在影响着我。您一辈子没上过一天音乐学院,但您却识谱,通晓乐理知识,会演奏多种乐器,比如二胡、笛子、扬琴、萨克斯等乐器,时刻把欢乐带给身边每一个人。去年,朋友送我一把马头琴,给您带过去,半年下来,您就能演奏了。如今,您已经是75岁的古稀老人了,每天还在挤公交坚持上老年大学,还担任合唱团领唱,尤其是蒋大为的《牡丹之歌》和《在哪桃花盛开的地方》,您能在几百人的场合,演唱自如。您说一定要给孩子们留下一个坚强自信的形象。记忆中,您无论在什么境遇下都始终保持着对生活的无限热爱和执着。对谁您都谦和客气,彬彬有礼。这么多年过去了,无论穷富,您的皮鞋永远擦得亮亮的,衣服总是熨烫得平平整整,毫无褶皱,出门必是干净利落,满脸微笑。

德国著名哲学家叔本华说过,父亲给子女以意志的影响,而母亲则给子女以智慧的熏陶。

父亲,您当之无愧是我人生的第一位老师。今生,老天让我们父子在最深的红尘中相遇,是儿子的福分哪!我永远感谢您。是您给了我宝贵的生命,是您改变了我的命运,是您给了我向上的信心和热情,让我始终充满自信地生活,而不是活着。

秋晚的别

空山新雨后,天气晚来秋。

想这一场秋雨过后,塞外的秋晚竟是这般的静寂而清冷,我的内心又平添了几许淡淡的乡愁。夜幕降临时,爸妈已踏上了归乡的列车,我和妻站在月台上隔窗使劲向他们招手,那一刻,我看到年逾古稀的爸妈也在向我们慢慢地摆手。这动作,这眼神,这情景,让我滋生出"黯然销魂者,惟别而已矣"的情怀了。这人世间有很多、很多难忘的别,但不是所有的别都让人记忆犹新。

父母永远是子女心灵的归宿。

一个人在外孤身奋斗,时间愈久对亲情的渴望就愈强烈。每到年关,我总会带着对父母的思念急匆匆地往老家赶;而每一次的别,又是那么眷恋家的温馨,那么难舍与父母相依相伴的亲情。几十年了,每一次离家远行,无论是单身一人还是携妻带子,无论是成功凯旋还是落寞而归,爸妈总是静静地站在我归家的路口与我挥手告别。那动作犹如一幅红尘的风景,早已深深地镌刻在我追求梦想的旅途中。儿行千里母担忧啊!曾几何时,那份无声的牵挂与期待,就像催征的战鼓无时不在教我"日三省吾身",教我自强不息,让我在宦海沉浮中始终守住做人的底线,做一个有益于国家和民族的人。记得在我刚退下来那些孤寂难挨的日子,爸妈怕我失落难过,每隔几天就打来电话鼓励我,还专程从东北赶来看我,让我重新找回了人生的自信与希望。去年秋天,得知我重返职场,而且在一家大公司做高管,爸妈特别高兴,再三嘱咐我一定要好好干,对得起人家的薪酬。尽孝不能等。这两年,我和妻在繁忙的工作之余抽空先后陪他们到北京、上海、南京、无锡、苏州、杭州、绍兴、乌镇、成都、西安等地旅游,饱览祖国大好河山,让二老晚年的生活更加充实快乐。前不久,爸妈还携手登上了峨眉山、乐山和青城山,看到他们健康快乐的样子,我感到了莫大的满足与欣慰。许多个平淡无奇的日子,是他们热爱生命的火热情怀,是他们关爱子女的无声牵挂,是他们"执子之手,与子偕老"的真爱表达,是他们酷爱阅读的良好习惯,时时刻刻在不断地激励着我从容自信,超越自我,勇攀高峰。

如今,爸妈已是75岁的古稀老人,不管时间都去哪儿了,他们送儿远行的挥手却从未走出过我的思念。就像这秋晚的别,是那样的唯美动人,永难忘怀。

天堂里的麻将声

昨天下班,我看到街上到处都是卖鲜花的,很是奇怪。晚饭后,妻伤感地说:"清明节了,也不知道他们去不去上坟,妈要是能多活几年该多好啊!现在大家条件好了,妈却没了。"我说:"姐姐弟弟们一定会去的。"那一刻,我突然看到妻苦笑的脸上挂满了伤感的泪花。

妻姐弟8个,岳父去世那年,岳母才40岁出头。从此,为了孩子们的幸福,老人一生未再嫁人。在吃了上顿没下顿的艰难岁月里,老人凭着对子女深深的爱,一个人干起了铁路装卸工作——那可是小伙子才能干的重体力活啊!每天,她那柔弱的肩膀要扛近200斤重的货物来回上下货车十几次,有时累得第二天起不来炕,但她依然咬着牙像壮汉一样继续装卸货物,就是为了给儿女们填饱肚子或买一件新衣服。

记忆中,老人无论多么艰难都从未向人低过头,始终保持着做人的尊严。后来子女们都有了正式工作,而且女儿们都嫁到了城市,过上了好日子,但她依然保持着勤勉简朴的生活方式,从来不讲究享受。妻是家中最小的女儿,结婚三天回门的时候,岳母特别高兴。那天晚上老人喝了点酒,刚好人数够一桌,老人便张罗着打麻将。我不会玩麻将,推脱说不玩。妈说:"不要怕,你输了妈给你赢回来。"就这样玩了两个小时,老人头脑聪慧,且打牌有气势,赢的多,输的少;而我则赢的少,输的多。我把老人赢得都给输回去了,心里有些过意不去。那晚,看到妻挽着我的手幸福的样子,岳母高兴得笑出了声。许多年以后,岳母的笑声依然飘荡在我的耳畔。

记得岳母生命的最后时刻,我刚好在家乡任职,每一次看到她趴在炕上被剧烈的病痛折磨得哭喊时,我心如刀割,眼泪汪汪。老人喜欢抽烟,最廉价的那种。我特意买了几包中华烟给她,她怕我多花钱,直说不能抽了,千万别再买了。有一天,她拉着我的手小声说:"利军,看来妈这病是不能好了,以后老六就靠你了。"岳母一生就是这样总是替儿女们想,却从不为自己想。即便是知道自己得了不治之症也轻易不说。最让我忏悔的是相处那么多年,直到岳母去世那天我才知道她的姓名。此刻,我只有把全部的爱都献给她疼爱牵挂的女儿,才对得起她永远的托付啊!

无论岁月流逝了多少,天堂里的麻将声永远让我们怀念。

爱在饺子里

饺子的来历与爱有关。

今天吃饺子,人们并不觉得新鲜。可如果倒退几十年,能吃上饺子那就是幸福。那时,为表示感激之情,人们总要说一句:"请你吃饺子!"逢年过节,家人团聚吃饺子,请客送行也要吃饺子,说来说去吃饺子也是一种表达爱的方式。

提起饺子,人们自然不会忘记我国古代"医圣"张仲景。据资料介绍,建安时期,长沙太守张仲景辞去官职后,回家一心为百姓治病。当时正值数九寒天,他虽已不做官,但心里始终牵挂着百姓的冷暖。特别是在回乡途中,他看到那些衣衫褴褛的穷苦百姓耳朵都冻烂了,心里万分焦急。他一到家,登门求医者便蜂拥而至。可是他心里一直惦记着那些冻烂了耳朵的穷苦百姓。冬至到了,他让弟子替他看病,自己在南阳东关搭起了大医棚,盘上一口大锅,免费为穷人治疗冻伤。他把羊肉、辣椒和驱寒的药材放在锅里,熬到火候再把羊肉和药材捞出来切碎，用面皮包成耳朵样子的"娇耳"下锅煮熟，分给治病的穷人，每人一大碗汤、两个"娇耳"，这药叫"驱寒娇汤"。人们吃后顿觉全身温暖，两耳发热。从冬至起，张仲景天天都免费给乡亲发这种药，直到大年三十。乡亲们的耳朵都被他治好了，欢欢喜喜地过了个好年。以后，每到冬至和初一，人们为感念张仲景为百姓治病，就模仿着做"娇耳"的办法，做起了食品，取名"娇耳"。后因"娇耳"拗口别嘴，故改称"饺子"。天长日久，就形成了民俗。每到冬至和初一，家家户户都吃饺子，甚至逢年过节也吃饺子，尤其是除夕之夜家人团聚必吃饺子。

一个辞了官的古人能够心中时刻装着百姓的冷暖安危，这本身即是一种大爱。百姓为纪念他而包饺子更是一种爱。大年三十，一家人团聚吃饺子同样也是一种爱。饺子因爱而生，人们为爱而聚。

我有两次陪同领导和名人过年吃饺子的经历。一次是1991年除夕，我随首长陪同著名歌唱家拉苏荣、金花在二连国门监护中队跟战士们一起过年吃饺子。另一次是2003年除夕，我随首长陪同公安部孟宏伟副部长在呼伦贝尔边防所站与官兵们一起过年吃饺子。这两次是我过年时吃过的最香、最难忘的饺子。因为那饺子里有爱的味道。

那些涮羊肉的味道

有一种味道让人终生难忘。

20年前,我们在郊区租房时,每到冬天,一家三口总愿围到火锅旁吃涮羊肉。那时租的平房仅20平方米,厨房和卧室都在一块,大人小孩可以活动的空间很小。白天我们工作都很忙,孩子又上幼儿园,一家人只有吃晚饭时才能凑齐。当时工资都不高,周末吃一顿涮羊肉也是一家人的盛宴啊!

第一次吃火锅,那天刚好妻下午没有班。晚上下班,我买了几斤现切的苏尼特羊肉片便急匆匆地往家赶。一进家,看到她们娘俩正在小屋里准备涮的东西呢!只见饭桌上摆满了麻酱、酱豆腐、韭菜花和红薯片、宽粉条、茼蒿及冻豆腐等应有尽有,不亚于饭店。待电火锅把鸡汤和麻辣料煮出那种特有的麻辣香味儿,我把鲜嫩光滑的苏尼特羊肉片下进锅里,那红白相间的羊肉片在火锅里来回翻滚,就像草原上欢快奔跑的羊群似的。这当儿,5岁的儿子拿着饭碗,大眼睛直直地盯着锅里,在等妈妈给夹涮好的羊肉呢!看着儿子吃得小脸蛋红扑扑的样子,我和妻会心地笑了。我们每发现一块好肉便不约而同地夹给儿子,彼此也把心中认为最好的那块羊肉夹给对方。一家人客居他乡,人地生疏,围着火锅竟是那么的其乐融融。尽管屋外寒风凛冽,窗户早已挂满冰冷的霜花,可室内却温暖如春,飘满了亲情的味道。

人间最朴实的东西往往最让人留恋。

多年以后,儿子渐渐长大,我们也慢慢变老,世事又变幻了许多。去过好多地方,也吃过不少火锅,但始终未能吃出那些涮羊肉的味道。

新的成长

当春晚的笑声渐行渐远,《难忘今宵》已成为明年相约的期待,这一刻,无论我们是否愿意,时光的脚步都已踏上新的旅程。羊年除夕也成为美好的回忆,供自己慢慢独享。

除夕守岁,塞外青城宛若一位含笑迎风的蒙古族女孩,在霓虹闪烁与礼花绽放的辉映下越发显得迷人而浪漫。不远处的大召那熊熊燃烧的篝火与小区门前那两堆温柔腼腆的旺火相比,真是气势恢宏、牛气冲天啊!这也预示着羊年风调雨顺,兴旺发达。在最繁华的中山西路和最具民族特色的伊斯兰风情街,一步一景,亦动亦静,就像两条五光十色的彩带,给初春的塞外披上了节日的风采,也温润着每一个草原儿女的心灵。

今年儿子即将毕业,节后将赴广西边防实习。一家人难得团聚,过年我们没回老家。此时此刻,爱在家里,甜在心上。红灯高挂,福字倒贴。相伴春晚,佳肴与美酒同在;其乐融融,水饺与真爱相拥。一家三口,各自忙活。先是用手机给友人发信息,你来我往互致问候,忙得热火朝天,很是开心。可是,发着发着,在下的手机突然"生气"了,只能收不能发,我又不会用另一部智能手机发信息。想给朋友打电话拜年,可半天也打不通。情急之下,我操起酒瓶子狠劲来一口,干脆明早儿再说。春晚还在继续。这工夫,妻把饺子馅准备好了,三人围在一起包饺子。儿子是军人,不可能每次过年都回家团聚,所以我特别留恋一家人围在一起包饺子的情景。以往,儿子小,我放鞭炮,他在远处瞧着。如今,他放鞭炮,我在远处瞧着。这种父子的默契也体现在儿子的未来上。除夕之夜,放过鞭炮,吃完饺子,妻因初一要上班就先睡了。我和儿子一边看春晚一边对饮。他对我说:"爸爸,您就放心吧,不管毕业分到多么艰苦的地方,我都会勇敢面对。人要活出质量,更要活出崇高。"儿子的一席话让半百的我,在这个平常的除夕有了不平常的收获。

　　欢度新年,对所有的人来说绝不只是长了一岁,而是一次新的成长。

吾儿远行

昊儿，明天你就要结束四年的军校生活，开始漫长的军旅生涯。作为具有三十年军龄的职业军人，爸为你能够投笔从戎，戍边卫国，感到无上荣光。此刻，爸妈纵有千般不舍也会义无反顾地送你到千里边关，为祖国谱写安宁的篇章。

从小你就在军营长大，每天清晨那嘹亮的军号声好似阵阵催征的战鼓，在你幼小的心灵中播下了戍边卫国的种子。四年前，你在高考志愿上郑重填上了军校的名字。我知道，那凝聚着你一生梦想的重大选择早已写满无悔的誓言。四年的摸爬滚打，四年的勤学苦练，让你从一个普通青年成长为军校大学生，原本瘦弱的你变得更加干练而威武。那些年，爸妈和你一起学习、一起成长、一起进步。

如今，你已经站在了崭新的人生起点上。爸妈不指望你这辈子能做多大的官、赚多少钱，只希望你时刻守住做人的底线，一生做一个有益于国家和民族的人。面对创新的时代,你可以平凡,但不能平庸。你要安心本职,但不能安于现状。你要当好人,还要当能人;你要有本事,还要干好事;你要爱学习,还要会学习。记住:每一次接受任务,你都要拿出自己最高水平,全力以赴去完成。每一次遇到挫折,你都要沉着应对,始终保持必胜信念。每一次取得成功时,你都要谦虚谨慎,万万不可忘乎所以。不管在何时何地,你都要眼里有人、心中有爱。遇事虚怀观一是,与人和气察群言。对你来说,人生还只是一张白纸,能否书写出满意的答卷,关键还要靠自己。父母不可能陪你一辈子。今生,既然我们有缘在红尘中相遇,爸妈就会倾尽所有为你实现梦想而助力加油,只想你忠于职守,奋发进取,不辱使命,一生无愧于军人的崇高荣誉。望着你远行的背影,我还要真切地告诉你:在实现人生梦想的旅途上,无论成功还是失败,家永远是你避风的港湾和心灵的归宿。

　　爸妈永远和你在一起!

为你装扮

妻,今天是情人节。你可知道,这些年我始终把你当作一生的情人。

你知道,我有两大爱好,一个是逛书店,另一个是逛服装商场,每到周末都如此。你的衣服几乎都是我给买的,从李红国际到哥弟服饰,从飘逸的裙子,到靓丽的职业装,基本都是我的爱好、你的欢乐。每一次到外地出差,我最爱的往往不是景点,而是逛商场,看看有没有你穿的好衣服。有时,看到好衣服,只要你喜欢,我就毫不犹豫地买下,而给自己买一件T恤衫总要转悠好半天才舍得掏钱。好几次你说买的衣服不合适,不愿意穿,你知道我是多么生气吗?当时,被气得咬牙切齿的我下定决心再也不给你买了,可一到商场看到好衣服,我就忘了之前的不悦,该买啥还买啥。也许这就是糊涂的爱吧!

每一次看到你辛苦上班,早出晚归,我很是心疼,总想让那份简单的爱化作无言的行动,让你开心,让你骄傲。还记得那些年我们牛郎织女般的生活吗?儿子出生半年了,我才回家。你一个人既带孩子又替我尽孝心,在繁忙而艰苦的生活中把我们爱情的结晶培养成军校大学生。儿子不仅是优秀学员,还入了党,在他勤奋执着的身上我仿佛看到了当年你们一起学习英语的样子。我永远感激你的付出,感谢上苍给了我们一世情缘。也许,"家里红旗不倒,外面彩旗飘扬"会让人艳羡,但为了你,我愿用一生的忠诚守住这份温暖的情缘。其实,男人的成功不仅体现在事业上,还体现在为妻装扮上。

装扮妻子,就是装扮真爱的天空。

爱你简单

"因为爱情简单地生长,依然随时可以为你疯狂。"每当夜幕降临,我站在十字路口等妻下班,经常会听到这首动听而温婉的歌曲。而每一次,我都会对爱情的意义有一种新的理解和认识。

人与人之间,无论是朋友还是夫妻,大家相识容易、想处太难。更何况要几十年、一辈子忠贞不渝、心手相牵,真的很难。有时,爱情就是一个古怪的精灵,有人相伴终生却如同陌路人,而有人虽相隔千里却心心相印。若能够几年真能不吵架那是一种能力,若能够几十年不吵架就是一种境界。我与妻结婚至今已整整二十一周年,既没有爱得死去活来,也没有打得鼻青脸肿。几十年过来,那平淡的生活一如流淌的小溪,不经意间将那些历经磨难而刻骨铭心的日子,竟打磨得好似一面光鲜明亮的镜子,时时照亮灵魂的每一个角落,让真爱的小船一帆风顺。

许多年以来,无论刮风还是下雨,也不管工作有多忙多累,只要我不出差,妻晚班下班时,我总要去那条通往小区大门的十字路口等她回来,三口人一起吃饭。无论多晚,我总要和儿子等她归来才开餐,这已经成为一种习惯。亲戚们都觉得妻简单、纯真,生气就哇哇大哭,高兴就哈哈大笑,喜形于色,毫不顾忌,一点也不世故;说话办事也很实在,不像一般的女人小家子气,而是特别直爽,在单位人缘儿不错,就是不会拍马。结婚二十周年那天早起,妻认真地问我:"我没啥文化,这么多年,你到底爱我啥啊?"我脱口而出:"爱你简单。"妻憨笑不语。其实,夫妻能够把小日子过得有滋有味,不一定非得要有多高的文化。有时,只要彼此都懂得时时放手,让爱情简单自然地生长,那么平淡的生活就会充满无限的温情。

珍　惜

妻坐飞机回老家那天,我的心一直忐忑不安。因为当时正赶上马航失联,这些天我坐卧不安,数着指头盼她早点归来。今天,她终于平安回到我们真爱的家园,我如释重负,心里一下轻松了好多。天有不测风云,人有旦夕祸福。谁也不知道永远究竟有多远。在一起的时候能够彼此珍惜、患难与共,哪怕生活再艰难,日子再愁苦,也会荡起美的涟漪。

记得多年以前,我们结婚的时候,两人骑的是自行车,当时也算是很浪漫的方式了。许多年过去了,当彼此黝黑的头发添增了几许白发,再看看当时骑自行车的我们,心里是那么的快慰和自豪。一个人找到称心如意的爱人并不难,难的是能够和你生死相依,慢慢变老。我一直引以为豪的是我和妻几十年从未红过一次脸。尽管也有很多不顺心的日子,但妻的理解和关爱,让我在绝望中无数次燃起希望的火焰。如今,我从领导岗位光荣退休,正以必胜的信念和无限的热情,开创属于自己的美好人生。曾经两次大难不死的我,格外珍惜生命中的每一天。爱可以有许多次,但生命只有一次。

岁月匆匆,再过几天,就是我和妻结婚二十三周年的纪念日了。无论多忙,我也要请假一天,开着车,带妻去拍一张新婚的老照片。不是为了纪念,而是为了珍惜。

感受真实

这个假期计划得很浪漫,过得却很复杂。

本来"五一"那天,想到大青山森林公园踏踏青,可天不作美,偏偏下起了瓢泼大雨,人和车弄得湿漉漉的,没了一点儿兴致。第二天去补拍婚纱照,却刮起了沙尘暴。走在路上那满天的昏黄,着实令人懊恼。第三天,天是晴了,可温度却降到了3度,一下变成了秋天,大家短袖换长袖,早已躲进衣柜的秋裤又披挂上阵了。街上,只有卖菜的小贩在吆喝,行人不多。整个假期过得稀里糊涂,这也再次让我感受了大自然的真实力量,想干啥就干啥,绝不会受人的影响而去装。即便如此,我还是颇有成就感地把23年前欠下的婚纱照给妻补上了。

那天,我和妻被化妆师神奇的美容术给惊呆了!几经涂抹,我们俩人竟成了小伙子和大姑娘。我拿出两年来没穿过的07式校官礼服,手牵身披婚纱的妻一连拍了好几张,真带劲!之后,我们又换了几套漂亮的结婚服饰,包括时尚西服和中式旗袍等等,背景也换了好几回。那些亲昵幸福的镜头,让年轻的摄影师很是羡慕。整整忙活了一上午,终于大功告成。我劝妻下午带妆去上班,好给大家一个惊喜。她却执意要洗掉,还半开玩笑地说:"活的真实点能长久啊!"

那一刻,我突然明白了一个道理:卸妆,不仅是还原真实面目,而且还是一种人生态度。荡尽铅华显本真,不管时间去哪儿了,夫妻飞越红尘永相随,靠的不是漂亮的外表,而是内心的真实。

谈"可惜不是你"

近日,搜狐网发来信息,邀请我参加"可惜不是你"主题征文活动,好友再三提醒我参加为宜。在下除了感激,便是感慨。

人家征文主题是男女情感故事。可我,人近半百,若讲别人如数家珍,滔滔不绝,可谈到自己,却是一穷二白,无话可说。整个下午,我左思右想,搜肠刮肚,顿觉这辈子真是白活。若论青春恋情吧,半个世纪仅有两次,一次是半年未果,另一次是一年多即成功。若论浪漫吧,从恋爱到结婚不到一年半,在下人在边防执勤,妻在内地工作,一年见面就两次,她用自行车驮过我一回,我陪她看过两次电影,黑灯瞎火的,在包厢里甭说亲嘴,就是说话都不好意思。结婚后光两地分居就有两回,一次是4年,另一次是3年半,孩子出生半年才见着面,还死活不认爹。就这,咱的家庭也固若金汤。

二十三载情爱路,没吵过一次架,未红过一次脸。彼此笃信:真爱即是一生一世好好过日子。幸福就是心往一处想,劲往一处使,钱往一处放,若问谁当家,二人皆可当。苦时,两杯酒,二人同干;喜时,一壶茶,两人分享。家庭的别名即是烦恼与责任,夫妻快乐的理由就是忍耐与糊涂。女人是长不大的孩子,无论多大皆需男人千般呵护、万般娇宠和一路温情,大丈夫就得有大胸怀、大格局,顶天立地,光明磊落,有担当、守底线,不计较、不记仇。闲时,陪妻逛街,若遇喜欢之物,必是嘴上老说"不买不买,家里有呢",其实只要你说"喜欢就拿上",这一路便会阳光灿烂。

话已至此,想诠释"可惜不是你",在下竟想起了小沈阳的名言:"这个真没有。"这一路走来,既无可惜之事,也无可惜之人,聚散皆缘。说到底,"可惜不是你"含义大底有二:其一,是指恋爱时一方或双方不懂得珍惜,造成分手之苦,因用情过深以至于日后与别人比较,便产生"可惜不是你"的怅然失落感;其二,也可指情侣、爱人双方为事业前途或其他好事,丧失了机会,而为对方的惋惜之情,是一种深爱的表达与感慨。

如前年春季,在下刚一接到转业通知,妻便自言自语道:"留下的可惜不是你,真可惜了!"一起生活了几十年,妻从未夸赞我,这回却道出了心声,令我感动不已。妻本是公交人,前几日,市区线路调整,她负责调度的线路给整合了,说要调走两人。我盼望妻能留下,离家近、人也熟,再过4个月即可退出江湖,游山玩水了,可惜留下的不是她,我很是替她惋惜。"可惜不是你"是对旧日美好情感的怀念与追忆,更是对当下爱人的惋惜与呵护。

或许,你若安好,便是晴天,正是这种怅然若失之美的真切表达吧!

那一份淡紫色的心境

爱一种颜色即是恋一种心境。

昨天是我与妻结婚 24 周年的纪念日,因为繁忙,我们两人一大早都忘记了这个重要节日。上午闲暇之余,我突然想起 4 月 28 日应该是个无比浪漫的日子啊!1991 年的今天,我与妻牵手走进婚姻殿堂,这一眨眼就走过了 24 个春秋。

日子简单,生活却不简单。

记得那个桃花盛开的时节,我们从结婚登记所走出来,妻坐在自行车后头紧靠着我喃喃地说:"你要照顾我一辈子。""好,放心吧!"我说。就这样一句简单的承诺,让真爱的旅程洒上了一层淡紫色的温馨浪漫之光。从那时起,我们都开始喜欢紫色。我和妻的好多服饰都与淡紫色有关。曾几何时,那种淡淡的紫色如同穿越凡尘俗世的一种怡然从容的美好心境,伴着年轻的我们,从简单朴素的初恋到柴米油盐酱醋茶的烦恼与责任,从孝敬父母到教育子女,从两地分居的牵挂思念到退休后的彼此鼓励，这点点滴滴的艰辛与奋斗,把真爱的诗行书写得那么清晰而凝重。夫妻之间,相识容易,相处太难。海枯石烂并不难,难的是一辈子生死相依。彼此看到对方缺点很容易,而发现自己的不足却很难。当我们生气或烦恼之时,多想想对方的好处,自己会快乐;多想想自己的不足,自己会进步。

爱就是无言的付出。再动人的故事也无须重复。

昨晚,我和妻第一次互相敬酒。我说:"我喜欢淡紫色,那是温馨浪漫的象征。"她说:"我喜欢淡紫色,那是爱的表达。"因为两人都喜爱淡紫色,那种温馨浪漫的心境才会持久啊!

今生，那盏灯只为你点燃

在这个雪落窗棂的寒冷冬夜，一个人静静地独坐在那间安放心灵的温馨书屋里，沏一杯浓香四溢的金骏眉，听一首唯美伤感的萨克斯曲《当爱已成往事》，我那忧郁的心绪顿时释怀了许多。仔细盘点这一年来用心写就的 105 篇博文，我忽然发现我遗漏了发生在身边的许多故事，甚至我还认为这些情感深处的喜怒哀乐似乎与这个时代有关。

大诗人歌德说过，一个人要想创作出优秀的文学作品，无论你的头脑和心灵多么宽阔，都要始终装满你们时代的思想情感。许多时候，当坐在电脑旁开始写作时，我便扪心自问：你带着这个时代的思想情感去写作了吗？你真的没有看到那些在情感世界痛苦挣扎的中年男女吗？在这个独处的黑夜里，我终于醒悟到我不能仅仅停留在书写个人的小情小调上，我要用大情怀去关注当今复杂多变的社会生活，去温暖那些备受煎熬、受伤的心灵，时时给他们以希望与光明。

这些年,我身边至少有3对朋友夫妇相继离婚。他们都已到不惑之年,经过了多年的奋斗终于调到省城发展,可谓功成名就,原先的小日子也过得有滋味有味。但是,我万万没想到就在他们事业取得成功,甚至有的已经退休开始颐养天年的时候,婚姻却走到了尽头。幸福的家庭家家相似,不幸的家庭个个不同。

某一天,当爱已成往事,看到那些梦想获得幸福的中年人,其实并未有多少欢乐让人们羡慕。因为我们的幸福永远都写在别人的脸上,如果不懂得珍惜,到头来只会竹篮子打水一场空。也许,每个中年人心中都会有说不出的温情,甚至在围城之外也曾遇到过令人怦然心动的缘份。但,既然已经爱了,那盏心灯就只能为一个人点燃。

责任是家庭稳固的基础。家庭是社会的细胞,其稳固与否不仅影响社会大局的稳定,而且还关系到更多人的幸福。特别是在今天,随着人们情感生活的多样化和社交平台日益宽泛,各种诱惑与日俱增,很多家庭都面临着稳固的考验。一个人追求幸福需要能力,守住幸福更需要能力啊!婚姻绝不是一劳永逸的,必须与时俱进,不断更新内容与形式。再好吃的饭也有腻味的时候,尤其是人到中年后激情与浪漫渐渐消失,只有不断调剂爱情生活,懂得装扮心灵、装扮自我,才能让浪漫满屋,时刻充满真爱的味道。

每当夜晚下班归来,一走到楼下看到家里那束温馨的灯光,我就知道那是妻在为我准备晚餐呢!那一刻,我会忘记所有的疲惫与烦恼。因为,今生那盏灯只为你点燃。

性格即是命运

性格决定命运。

俗话说人的命天注定。按照现代易经学的观点，人的生辰八字就是"命"，而从降生到老的运行发展过程就是"运"，合起来就叫"命运"。性格则是一个人稳定的心理特征。性格不仅影响着人的思想行为，而且还关系到整个事业成败。

通常，人们在改变命运的过程中往往把主要精力都放在了创造客观条件上，而容易忽视个人的主观性格因素。其实，不同的工作岗位需要不同的性格。性格外向、好交好为、风风火火、整天坐不住办公室的人，搞外联可以，但未必就能搞财务。性格内敛、认真细致、原则性强的人可能当会计没问题，却不一定适合搞传销。说一千道一万，江山易改，本性难移啊！一个人改变命运是可能的，但要改变人的性格却很难。当年西楚霸王项羽如果不是性格优柔寡断也不至于落个乌江自刎的结局。某集团公司总部曾高薪聘请了一位知名地产企业的高管来主抓企业内部改革,但这位高管个性强势,自以为是,不善合作,谁的意见也不听,一意孤行。他的改革措施严重脱离企业实际,无法具体落实,只能停留在纸上,结果不到半年他就被老板开了。如今国家鼓励创业,无论是政策还是社会风气都比较适合创业,而且谁都梦想抓住机遇自我创业当老板,但并不是所有的人都适合当老板,都能像柳传志那样取得辉煌成功,成为中国民营高科技企业的先驱人物。好多创业者奋斗多年,但最终也没能成功,原因固然是多方面的,但性格因素绝不能低估。有些人给别人打工没问题,但自己创业未必就能挣大钱。性格是把双刃剑。傅雷性格孤傲耿直,嫉恶如仇,做事认真,当年如果他不选择最适合自己的翻译工作,他未必就能取得成功。

人的一生真正能干成的事是有限的。所以,一个人要成就一番事业,首先就得对自己的性格脾气有个正确认识,知道自己究竟适合干啥,哪些是强项,哪些是短板,必须找到自己正确的位置,选准突破口,审时度势,扬长避短,这样才能使有限的生命才能绽放无限光彩。

做适合自己的事也是一种成熟。

难得那份云淡风轻

在一场通俗歌曲全国7进6的决赛中,有一位来自"江城"武汉的女歌手非但未紧张,而且还把一首难度极高的歌曲竟演绎得那么精彩,最后晋级成功。人生即是一个比赛的过程。能够时刻以云淡风轻的心态去面对各种挑战,不仅是一种看得开、放得下的豁达心态,还是一种从容淡定的人生境界。

人生在世,每一场比赛总有胜利者,也有失败者。谁也不能保证自己永远都是常胜将军。有时,准备得再好也会遭到失败。因此,除了需要平时加倍努力外,还必须保持一颗平常心。生活中,经常看到一些人有理想、有抱负、有本事,可是一遇到挫折或困难就一蹶不振,最终一事无成。他们并未输在本领上,而是输在了心态上。好多国际大赛,有些人一心想拿冠军却总是拿不上,不是技术功夫不行,而是心态没有调整好,压力太大结果导致发挥失常。而有些人则把心态调整得很好,并未把得冠军当成唯一目标,而是重在享受比赛过程,把名利看得很淡、很轻,反而因为压力小,发挥出色,最终拿了冠军,令人刮目相看。比如,在奥运会射击和体操比赛中那些世界冠军的成功与失利,就充分说明了这一点。我有一位很有才华的朋友,为实现心中梦想,人到中年,毅然放弃舒适的事业单位工作环境,选择投身商界,在一家大公司担任总裁助理,干得顺风顺水。不想,有一单上百万的生意竟因个人原因险些毁约,她深知如果这单生意未成,自己将失去工作机会。但能力出众的她,并没有慌乱不堪,整日愁眉苦脸,而是异常镇定自若,讲明原因,主动辞职。结果老板和对方合作公司都被她敢做敢为的处事风格给深深地打动了,不但生意做成了,而且她还获得了更多的工作机会。我听后肃然起敬。

　　保有一份云淡风轻的心态,并不是让你放弃梦想目标的追逐,而是要在人生大考的关键时刻放下名利诱惑所带来的巨大压力,学会释怀,宠辱不惊,顺其自然。只要自己全力以赴,发挥出最高水平,享受了比赛过程即是成功。每一次,看电视上各种比赛,我印象最深的不是最后谁获得了冠军,而是比赛过程的精彩。其实,人生又何尝不是如此呢?当我们整日奔波在追求梦想的道路上,当我们饱尝了太多的困苦与艰辛,真正能让我们刻骨铭心的并不是最终成功的那一幕,而是这一路喜怒哀乐的红尘风景。面对不同的人生境遇,时刻保有一份云淡风轻的心态,不仅会让追求的脚步快乐如风,还会让梦想的旅程充满无限希望。

这一季花开

也许是性格使然,每当落叶飘零的深秋季节,我总会来到离家不远的那个静寂冷清的植物园漫步独行。每一次走在洒满黄叶的蜿蜒小路,远望都市街头那川流不息的人群在暗夜里若隐若现的情景,我总会对一季花开的生命滋生出某种莫名的怅惘。

这一季花开,从姹紫嫣红到落英缤纷,一路迷人的风景也许我们从来就不曾注意过,特别是那些昙花一现的美,如果错过,可能一辈子也无法碰到。然而,某一天当我们卸去种种精美的面具,重回生命开始的地方,我们会惊奇地发现,人这一生不也是一季花开吗?有的人,来到这个世界,还没等生命之花绽放,就消失了;而有的人,虽活得很渺小,但却以自己的方式活出了精彩。就在前不久,云南昭通地震,有很多儿童失去了宝贵的生命。有一家五口人丧生,其中最小的还不到5个月,这一季花还未开放便永远地凋谢了。这让我们更加珍惜生命中的每一天了。

其实,生命的高贵,不在于地位的高低,也不在于时间的长短,而在于是不是用自己灵魂的光亮给人们带去希望和光明。

在云南昭通地震中,有一位年轻的边防武警战士,他叫谢樵,在随部队向灾区开进的途中,因堰塞湖挡住了部队进村的唯一道路,为及时找到失踪群众,他主动请缨:"我年轻,身体好,懂水性,我先来。"说罢,他纵身跃入湖中。然而,就在他快要游到岸边时,余震突然袭来,他不幸被滚石击中,失去了宝贵的生命。年仅24岁的他,正待花开芬芳之时,就这样凋谢了,但,他在有限的生命里所迸发出的悲壮雄浑之美却永留人间。

也是这次地震,有一位86岁的老婆婆,她的老伴被倒塌的墙体掩埋,不幸去世。眼角的泪痕还未擦干,她便站在志愿者前往灾区的路上,拿着玉米等食物,朝过往的志愿者不停地挥手并多次重复着那些温暖的话语:"其他帮不了你们啥,来吃点玉米和土豆吧!""年轻人,我家里有水,来喝一点吧。"也许,那些匆匆而过的救灾人不会注意到这位步履蹒跚老人那慈祥的眼神;也许,她从来就不曾有过什么惊人的壮举,可是,仅此一次就足以让黄昏的风景绚烂多姿。有一位年轻的医护工作者,在汶川地震时家里曾得到过别人的无私援助,她常怀感恩之心,平日里经常用自己微薄的稿费资助贫困学生,还多次做志愿者回报社会。哪里有险情,她纤细而柔弱的身影便会出现在哪里。这一次她还再三请缨赴云南抗震救灾,虽然未获批准,但她那炽热如火的家国情怀却深深地感动着我、教育着我、激励着我。

人的一生就像这一季花开,无论时间长短,只要给人间带来无尽的美丽,生命的芬芳便会香飘万家。

把握方向

方向决定幸福。

那天,我下班回家,正值人流高峰期,从十字路口出来准备往左拐,可偏偏方向盘没把握好,一下子打多了,险些跟直行的车发生剐蹭,我吓了一大跳。以前有司机把握方向,自己一上车啥也不想,有时还可以打个盹儿。可退了以后,外出做事就得自己开车把方向了。

记得提车那天,我过去的司机向阳专门请了假来帮我办理相关手续,我以为办好手续就可把车开回去了,哪知贴膜还得等三天。提车那天,向阳跟首长下基层了,他在电话里特意嘱咐我一定要把好方向。妻想从单位找一个司机帮我把车开回来,我没让来。因为我知道早晚也得自己把握方向。过去,我经常向阳请教开车常识,有时我们还去驾校练练车,坐车也注意观察他的驾驶技巧。所以,提车后,我壮着胆子把车开到了最繁华的市区,很过瘾地兜了一圈。大家都很惊讶。之后,每次开车途中看到车祸的悲惨场景,我就想无论有多少原因,没把握好方向盘肯定是原因之一。尤其是车快人多的时候,方向稍有偏差就会发生事故,甚至会葬送生命和幸福。

  光阴似箭,日月如梭。转眼间,我自己开车快两年了,不仅锻炼了大脑反应能力,而且还享受了不少开车的乐趣。其实,人生何尝不是一个把握方向的过程啊!小的时候,父母帮我们把握人生的方向;长大以后,老师和领导帮我们把握方向。但,关键时刻还得靠自己把握。那些曾经位高权重的大人物从巅峰跌入谷底,说到底还是没有把握好人生的方向。

  幸福是可以把握的。

生活总有让我们热泪盈眶的时候

眼光决定心态。

一个人用什么样的眼光去观察世界,就会获得什么样的心态。老张是我的同事,已是花甲之年,退而不休,性格有些古板,工作爱较真,经常提些批评意见,大家都说他事儿多,讨厌他。但有一件事儿,却让我感动至今。

去年隆冬时节,他的80多岁的老母患了重病,住进了医院,他为了尽孝,毅然辞职。那天,老总和我都劝他想好了再辞,这么大年纪找份工作挺不易……他毫不犹豫地说:"没有什么比母亲更重要的事,工作可以再找,但母亲只有一个。"最后他还是回到了母亲身边。半年以后,母亲的病好了,他怀揣梦想,继续求职,虽然碰了很多壁,吃过不少苦,但倔强的他依然信心满满。最后,他不仅去了一家大公司,还当上了总工。

在黄沙漫漫的沙漠深处,有一位退休的老干部,为了治沙造林,改善生态环境,他放弃了城里舒适优越的生活,带着心中的绿洲之梦来到了大漠。他把自己的全部积蓄都用在了治沙绿化上。钱不够,他甚至还外出打工。后来他把家也搬到了大漠。这一干就是10年!黄沙吹老了岁月,却吹不走他那份执着的爱心。当沙漠绿树成荫,环境变得优美时,他的脸和手却变得粗糙不堪。看着他的成功,牧民们竖起了大拇指,他自己也露出了舒心的笑容。那一刻,不管风沙把他的脸颊吹打得如何粗糙,他火热的内心永远是圣洁而美丽的。

在一个公厕过道旁的收费室里,住着一对来自乡下的老夫妻。一年四季,两位花甲老人就在那个无人注意的小屋里快乐地相互搀扶着、工作着、生活着。夜深人静时,他们小屋里那束温暖的灯光,宛如一簇永不熄灭的真爱之火,日夜温暖着平凡的人间。或许,在一些人看来,他们很渺小、很卑微,但在那样的环境中,他们依然能够保持对生命的无限热爱,演绎着凡尘俗世的真爱颂歌,让人感动。

有一位叫巴特尔的边防警官,常年驻守在偏远的警务室。那里仅有几十户人家,居住又很分散,夏天旅游旺季时很热闹,但立秋以后只有飘零的落叶和牧羊犬与他为伴,尤其是冬天大雪封山,别说进城,就是想吃点新鲜蔬菜都不易,难忍的孤独与寂寞让他有些吃不消了。为了支持他安心工作,他的妻子辞掉了工作,从大城市来到这里,与他日夜相伴守边防。这对平凡的中年夫妻用真爱为边境地区的群众书写了无数安宁的诗篇!

生活中并不是没有美,而是缺乏发现美的眼光。

我想,在这个物欲横流的时代,一些人还能长久保持如此纯真的孝心、爱心和责任心,保持着灵魂的圣洁,不懈地追寻人性的光辉。生活,纵然有千般愤懑和万般无奈,也没有任何理由失去信心和热情。因为,生活总有让我们热泪盈眶的时候。

感受阳光

清晨,我拎着菜篮子走出家门,感受着雨后阳光的洗礼,心情格外的好。尤其是看到街道两侧小商小贩们微笑着打招呼的样子,更是畅快无比。人要是时刻都能沐浴在阳光下,该是多么惬意呀!

然而,每次回到家,一上网看到各色的帖子,总好像来到了远离阳光的黑屋子,到处都是问题,越看心里越添堵。无论是什么主题,一律是黑色的语言。在网上人与人的交流简直充满了火药味,很难看到让人愉悦身心的语言,好像整个世界没有好的地方。基本流程是先某某专家或大佬围绕一个备受关注的命题,如房价只涨不跌,"大发议论",国际国内、引经据典,各种理由全部搬来,搞得云山雾罩,神乎其神,那自信满满的语言表达,宛若大师降临一般。接着,一部分人迅速跟帖。不管男女老幼,无论何方神圣,大家操起微博这个廉价大棒,踊跃"参战",你来我往,闹得不亦乐乎。有的语言还可以,有的干脆就是一流氓或泼妇,什么难听来什么,甚至连最经典的市井名言"我靠"和"傻逼"也披挂上阵,恨不得一棒子把人撂倒,完全是一副活不起的样子,令人费解。

　　古人云:"君子动口不动手。"按理说,文明古国,起码应该多点文明修养。可我听说,前一阵子,京城的两位博主嫌网上两人骂得不够接地气,干脆就跑到公园变文斗为武斗,实在有意思。现在,国人的生活好了,没事可以上网聊天。但是,我们应该珍惜这块平台,不能像小孩一样,啥都说啊!网络本身也是公共场所,也要讲文明、有素质。虽说在这里相逢,大家不用再装,但也不能整天弄个假名,信口开河,胡说八道,影响社会大众的情绪。要用阳光的心态,去面对生命中的每一天。一个国家要想让他国尊重,首先国民的素质必须提高,要富而贵。绝不能图一时痛快,自己作践自己。大国就得有大国的心态,无人之处见高低。毕竟,网络也能折射出一个民族的素质。

学会面对

学会面对,让人生更精彩。

临近年关,公司刚开完年会,大家还沉浸在难忘的回忆之中时,集团便下来精减人员通知,而且很急,要求节前就要办完离职手续。老总很为难,但必须按照上级要求办。经多次研究,最后把3位新入职的大学生作为精减对象给报上去了。昨天,老总挨个找他们谈话。今天,当我在他们的离职报告上签字时心里很不是滋味。虽然给每人补了几个月工资,但毕竟还是失业了。我和他们的父母同龄,平时一直把他们当自己孩子看待。我担心他们承受不了。可是,令我没想到的是他们面对突如其来的失业竟是那样的淡定从容。他们走时激动地对我说:"叔叔,也许今生我们的缘分就这么多,但我们永远牢记您的教诲,一生做一个努力的人。"我对他们说:"你们敢于面对,就是成功的开始啊!"三个孩子在寒风中紧紧拥抱着我,久久也不肯离去。

至今,我的大学老师林岫先生敢于面对人生挫折的故事依然激励着我。"文革"时期,林岫作为南开大学才貌双全的校花,被下放到大兴安岭瓦盆沟林场劳动改造。在冰天雪地的东北林区,上山采伐主要以男性为主,她是唯一的女性。林区最冷时达到零下40多度,还经常有虎狼出没,非常危险。面对恶劣的自然环境和紧张繁重的工作,23岁的她选择了坚强,选择了勇敢面对。她开始时做烧锅炉工,后来当打枝桠工和检尺员。无论干啥,她都始终保持乐观向上的人生态度,先后创作了126首精美诗词和多幅书法绘画作品。8年的艰苦历练,铸造了她坚定的人生信念和一往无前的奋斗精神,她的诗词和书画创作更加炉火纯青,才情四射。

此后多年,她不仅学术水平迅速提高,而且才艺超群。当代中国不乏一流的女诗人、女书法家、女画家,但集诗、书、画于一身且皆为一流的人并不多,而林岫当之无愧是其中之一。她是名噪京华的著名学者、诗人、书法家、画家,中国书法家协会副主席、书法教育委员会主任,北京市书法家协会主席,被誉为新中国成立以来中国当代诗书画第一才女。著名国画大师尹瘦石先生曾博览艺界,叩案惊叹:"林中云岫非常见,才女当今有一人。"正因为她敢于面对,执着追求,人生才绽放出无比璀璨的光辉。

然而,生活就是这样奇怪。有些人可以勇敢面对失败、挫折和挑战,却无法面对成功的考验。特别是那些身居高位、手握重权之人,大都经历过艰苦环境的磨炼和不懈奋斗。可是,一旦成功,他们却不能正确使用手中的权力,不能正确面对人民的期待,不能正确面对自己的灵魂,贪赃枉法,腐化堕落,成为千古罪人。那些落马贪官即是例证。

人在旅途,学会面对,不是一时,而是一生。

学会放手

早晨起来浏览信息,看到又一省级高官落马。在为反腐成果叫好的同时,也深为这些人的悲惨结局而感叹。

一个人从走上社会到成为省级高官至少要经过几十年的组织培养和教育。他们从昔日的踌躇满志到今天的痛哭流涕,不但给社会带来了巨大损失和极坏影响,而且给家庭造成了毁灭性的打击。无论是贪污受贿还是腐化堕落,分析原因,固然有多种,但总体上讲,是没有经得起诱惑。

一代伟人毛泽东在新中国成立前就告诫全党一定要牢记"两个务必",经得起糖衣炮弹的进攻。今天看来,"两个务必"具有多么重要的现实意义啊!无论是达官显宦,还是草根布衣,每天都会面临各种诱惑。如果不能时时把控住欲望的诱惑,任其发展,终将落得身败名裂。出来混,早晚要还的。人装着看不着,可老天在看,只是迟早的事。当下,能混得人模人样,大抵都是些"聪明人",也正是以为自己比别人明白、会表演，所以才敢有胆量干那些见不得人的事。到头来，害了别人，也毁了自己。好多人直到成为阶下囚，才幡然醒悟，捶胸顿足，号啕大哭，早知现在，何必当初？

人生一世，草木一秋，再大的房子只需摆一张床，再好吃的饭一天也只吃三顿；钱是别人的，地位是暂时的，身体是自己的，干吗老是抓住不放手啊？面对诱惑，该放手时就放手，这样才能享受到人生的乐趣。一位老者感叹："一个人临死的时候，手里捏的除了自己的手指甲外，什么也没有。"

学会放手，也就领悟了生命的真谛。

学会适应

环境改变人生。

眼下,创业是个很火的话题。但创业者能否适应当今的社会环境,却是个不容回避的问题。任何个人都战胜不了时代发展。一个人能力再大,如果不能适应生存环境,个人的思想行为总是与所处的客观环境发生矛盾和冲突,四处碰壁,到头来不仅无法实现心中梦想,还会弄得伤痕累累,丧失信心和进取心,整日怨天尤人,牢骚满腹。

青年行为学认为,人的行为是内在需求与外部环境相互作用的结果。人生在世,无论是成功还是失败,主观因素最重要,但客观环境亦不能忽视。漫漫人生路,并非所有人都可以选择环境。许多时候,不是我们改变了环境,而是环境改变了我们。

那些天,公司餐厅刘师傅经常抱怨员工不愿吃他做的饭,觉得剩了很多,浪费太大。因为员工经常外出办事,再加上年轻人较多,有时一高兴想吃点其他饭菜,就不去餐厅吃了。所以,有时会剩一些饭菜。但他不是主动适应公司员工用餐特点,经常调剂好伙食花样,尽量想办法减少浪费,而是独自生闷气,甚至还说实在不行自己就不干了。我听后觉得有些不妥,就和他长谈了一次,让他打消了离职念头,又高高兴兴地去工作。去年以来,公司有两位素质很好的营销副总高调而来,没干几天却都黯然退场了,原因是无法适应企业文化。殊不知,一个人外出求职做事,不管有多大本领,不能总想着先让企业去适应你,而是要主动去适应企业。存在决定意识。一个人在什么环境就说什么话、办什么事。要想干成事,就得学会面对,而不能总是被动地与环境对着干,这样很难提高自己。人在企业中,要想干下去,就得先待下去,这样才可施展才华,建功立业。

但是,任何事物都具有两面性。这里所讲的"适应"并非是不讲原则、不守底线,什么环境都要去适应。比如,近年来经常出现的集体腐败,其实质就是缺乏起码的政治辨别力,没有把握好自己,不管啥环境都一律去适应,结果丧失原则,与腐败分子同流合污,大搞集体权钱交易,最终遗臭万年。所以,面对错综复杂的社会环境,作为刚刚走上社会的年轻人,尤其是创业者,既要学会适应环境需要,适时调整好心态,保持与环境的和谐统一,也要时刻守住人生底线,保持头脑清醒,明辨是非,一尘不染,时刻用满满的正能量净化身边的小环境,始终做一个无愧于国家和民族的人。

找工作是一种能力

找工作是一种能力。

大学毕业需要找工作,人到中年突然失业也要找工作,部队转业更要找工作。思来想去,人活着总是离不开找工作。

许多时候,人们总觉得干好工作需要能力,其实找好工作更需要能力。只是目前我们的教育理念还没有完全适应时代发展需要,几乎所有的课程都还是以分取胜,尤其是对学生自我生存发展能力的训练严重缺乏。古老的"学而优则仕"的观念尚未根除。好多家长都认为只要上了好大学就会找到好工作,甚至可以做大官。于是从上孩子小学开始,家长就挖空心思找好学校,有的不惜买高价学区房等等。似乎只要上了好学校就可以考好大学,学到真本领。事实上,以填鸭式的教育方式培养出来的学生,面对激烈的社会竞争,别说像李彦宏、张朝阳那样做自主创业的先进典型了,就是找一份简单稳定的工作都很难。好多学生在校期间没有受过系统的职业训练，缺乏基本的职业规划，根本不知人生之路究竟该怎么走。尤其是找工作时自我推荐能力很弱，自信心不足。现在政府鼓励以创业解决就业，但创业也需要能力啊！

我在几家民营企业做过中高级管理人员，也分管过人力资源(HR)工作，发现有些刚毕业的大学生竟然不会找工作，缺乏外出独立找工作的胆识与魄力。若没有熟人帮着推荐，自己就不知道通过各种信息渠道和招聘会去推荐自己，接受人才市场挑选。无论是心智模式，还是生存发展能力都无法适应激烈的社会竞争。一个人在大学时可能会学到一些干好工作的知识和本领，但未必就学到了找工作的能力。这些生存的本领需要他们自己弥补。

刚毕业的大学生或正在待业的中年人，要想真正找到一份好的工作，就必须掌握正确的思路与方法。一要尽快调整好心态。心态决定成败。如今就业以民营企业为主，那种养尊处优、轻松滋润的政府机关或事业单位的工作环境早已不存在了。为此，必须放下架子，转变观念，充分做好吃苦耐劳的思想准备，凭实力说话，靠素质立身，这样才能迅速适应企业发展需要。二要全面、客观地评价自己。看看自己有什么专业特长，到底有哪些优势和劣势，性格爱好是什么，未来的职业发展规划是什么，究竟适合从事什么职业，在人生的各个阶段有什么奋斗目标等，一定要立足当前、着眼未来，科学分析、正确判断，形成翔实的书面分析报告，为今后个人的长远发展梳理出清晰的思路与方向。三要加强自我求职训练。包括自我形象重新塑造、心理素质全面提升、仪表谈吐训练、面试技巧、简历与求职自荐信的写作等等。同时，找工作除了经熟人介绍和自己到各类招聘会现场自荐之外，还要全面了解和掌握当前我国各类人才招聘信息媒体的功能定位，按照人才等级区分职位、对号入座。如果找一般工作就到赶集网或58同城网。如果找中级管理岗位就到智联招聘网、前程无忧网、中华英才网及各省人才招聘网。如果找高级管理岗位就到猎聘网，这是目前我国最著名的中高级职业经理人交流推荐平台，无论是薪酬还是岗位都有很大的选择余地和空间，比较适合经验丰富、实际能力强的中年高端人才求职。另外，作为在业内比较有实力的中高级职业经理人手上还要拥有一定数量的猎头人脉，以便随时应对工作岗位变化，做到能进能退、自由选择。四要始终保持强烈的危机感和紧迫感。民营企业人员流动性很大，工资和待遇都不稳定，要想长期坚持做下去，就必须保持只争朝夕的进取精神，坚持学习新知识，全面提高工作能力，不断增强核心竞争力，主动接受各种挑战，时刻保持一个好心态，在任何时候任何情况下都要坚信有本事就会有工作。

总之，无论是过去还是现在，不管是国内还是国外，找工作既是一个十分艰苦的过程，也是一种心理素质与信念毅力的考验。不管打拼的路上有多么艰难坎坷，一个人只要始终对未来充满必胜的信心和无限的热情，就拥有了成功的重要资本。

合作是一种智慧

没有合作就没有成功。

无论是总结成功经验还是失败教训,合作问题总是少不了的。国与国之间,人与人之间,皆存在合作问题。合作是生存的需要,也是发展的条件。一个人只有善于合作,才能让梦想成为可能。否则,本事再大,事业也不会做大。

常言道:"独脚难行,孤掌难鸣。""一个好汉,三个帮。""天时不如地利,地利不如人和。"职场打拼,纵然才高八斗学富五车,想干好本职工作,也离不开别人的合作与支持。当今国际社会,美国虽然很强大,但也需要中国的合作。在合作中斗争,在斗争中合作,既是国际合作的要诀,也是人与人合作的法宝。

遵义会议前夕,毛泽东处在受排挤、受压制的地位,如果他不主动与人合作,积极争取周恩来、朱德、王稼祥等人的理解与支持,他就不可能顺利进入核心领导层,实现伟大的政治抱负。在粉碎

"四人帮"那场错综复杂的斗争中,正是因为华国锋主动与叶剑英、李先念、汪东兴等人通力合作,才取得了最后胜利。"神舟十号"飞船与"天宫一号"目标飞行器能够成功对接,也是三位航天员聂海胜、张晓光、王亚萍共同合作的结果。所以,合作不仅对一个国家非常重要,对一个人的成功也至关重要。但相当一些人,特别是那些才华出众的人往往是意识不到这一点,总觉得怀才不遇,是别人对不起自己,而不是自己不会合作。

事实上,一个优秀的职业经理人不光体现在专业素质上,还应体现在与人合作上。上半年,公司招来一位总工,年过半百,曾在多家企业服务过,实践经验丰富,工作能力很强。可是,他在哪家企业都是干几个月就走人,没有超过一年的。他讲了很多理由,看似合情合理,实际说来说去都是企业的错,自己没一点问题。他在这里工作将近四个月,平时跟各部门沟通也不畅快,总觉得自己是副总兼总工,放不下架子,跟谁也合不来。一次,集团工作组对他的工作提了一点小建议,他就老大不高兴,当即给人家来一个大红脸,弄得很尴尬。事后,老总一说,他还觉得自己很有理,最后非要离职。我和老总苦口婆心劝了好几天,最后他还是走了,到现在还在找工作呢。我感慨万千。

马克思说过:"人是一切社会关系的总和。"人生在世,总要与各种各样的人打交道。有时候不管你愿意还是不愿意,都得与人合作,否则就成不了事儿。七年前,我从指挥机关下部队担任党委书记、政治委员。当时,领导班子成员有七个人,除我之外,其余全是"坐地户",且人脉关系复杂,个个素质超强,如果我不以合作的态度与大家共谋发展,就不可能轻松驾驭全局,迅速打开局面,更不可能让领导班子连续三年被评为先进党委，我和支队长连续三年被评为优秀正团级主官。支队长年长我一岁，军龄也比我长，但我们在三年多的合作中从没因工作红过脸、闹过矛盾。大家凡事皆出于公心，对事不对人，彼此尊重，互相包容，斗而不破，酸而不恼。有时一个眼神或一句玩笑，即会让那些纠结和不悦烟消云散。彼此深知今生合作之缘就这么多，大家都是权力的匆匆过客，所以面对利益时都会节制欲望，时刻让事业与友情充满缘分的天空。多年以后，我俩都退出了现役，其他班子成员也都走上了正团级领导岗位，至今大家仍感怀那些激情澎湃合作共事的美好时光。

这几年，虽然远离了那种工作环境，但随着岁月的流逝和年龄的增长，无官一身轻的我越来越深刻地感悟到，能够与人合作共事不仅仅是一种能力、一种胸怀、一种格局，更是一个人走向事业巅峰所必备的一种大智慧。

牵挂是福

人在旅途,牵挂别人是福,被人牵挂更是福。

昨晚,我邀三两战友小聚。一年未见,大家很是感慨,推杯换盏,高潮不断,几个回合下来,两瓶白酒就见底了。我们个个红光满面,斗志昂扬,那份清欢犹如昨日相逢的序曲,将友情的诗篇书写得那么唯美动人。末了,曲终人散,我和妻站在酒店门口看着他们远去,然后才依依不舍地离开。回到家后,我又给每个人发短信询问他们是否安全到家。不一会,一位战友回信息:"谢谢哥,牵挂是一种幸福啊!"我感动良久。

许多年以来,无论我宴请谁,也不管喝多少酒,回来后我总要给人打个电话询问是否安全到家。这是一种责任,也是一份友爱的牵挂。曾几何时,参加完酒会后,朋友打电话询问我是否安全到家,我也会感到特别幸福与快乐。昨天,儿子到广西边防实习。他初次去那里,又带了很多行李,我很是牵挂。直到孩子打来电话说已安全到达,我的心才放下。年前,我因工作忙,好久没有和老家通话。妈很是牵挂,特意打电话过来,以为是我生病了呢。我心里既内疚后又幸福。

我家距部队领导机关来回有15千米。那些年,每次司机向阳送我回家后,我总要打电话问他是否安全返回。不是放心不下,而是一种父辈般深情的牵挂,让彼此缘分的天空时刻洒满爱的阳光。至今,我退休3年了,逢年过节,向阳必打电话问候或登门看望,那份牵挂依然温暖如昨。每次出差坐飞机,妻也很牵挂,我一下飞机就给她报平安。我在基层担任主官3年半,怕妻牵挂,每晚8点必给她打电话,彼此感到很幸福、很快乐。如今,在博客上,如果几天不见博友,大家都要相互问候。许多个紧张而忙碌的日子,那些无声的点赞,那些关爱的话语,那些快乐的表情,宛如一条温暖的小河日夜滋润着友情的田园,让我们备感亲切、久久难忘。在风雨相伴的漫漫人生路上,每一次独自远行,亲友们总是充满深深的思念与默默的祝福。牵挂是爱的表达,是情的付出,是美的享受。人这一辈子,无论生命长短,只要能有人牵挂你,或者你牵挂别人,那就是一种无言的幸福啊!

大爱无声

这世上有些爱是无法用语言来表达的。

三年前那个落雨的早晨,孩子参加高考,我和多数家长一样带着忐忑不安的心情送孩子到考场。到那以后,我看到班主任张老师穿着一身白色连衣裙,满脸笑容站在学校的门口。每过来一个自己班的学生,她总要用手拍一下学生的后背,叮嘱学生别紧张,然后竖起右手大拇指告诉学生:"你是最棒的!"六十五个学生,张老师对每一个都重复这样的动作,没有更多的语言交流。当时她父亲已确诊为肺癌晚期,正在住院治疗,但她把痛苦留在心里,始终把微笑写在脸上,把无私的爱都献给了她的学生。我想,张老师那充满温情的白色身影不仅会成为孩子们一生最美的回忆,而且更是他们生命之旅中立身做人的永恒路标。

前天,也就是高考的前一天,江西的两位正准备参加高考的学生面对公共汽车上持刀行凶的歹徒,他们冒着生命危险挺身而出,身负重伤,终将歹徒制服。虽然失去了参加高考的机会,但他们却赢得了人生大考的胜利。也许,老师和家长会替他们惋惜,但更会为他们骄傲和自豪。没有正直善良的家长和老师,就不会有学生正义的壮举。一个人在灾难中失去的必将会在灾难中获得补偿。前几天,在湖南娄底,一位来自河南的普通民间艺人,为救一位落水的女孩而不幸牺牲。当把他的遗体打捞上岸时,他仍双手环抱胸前,保持着生前救人的姿势。这动人的一幕深深地震撼了这座城市的每一个人,大家自发地为他的妻儿捐钱,让无声大爱再一次唤起了社会的良知。他们都没有豪言壮语,也没有媒体跟风炒作。这些普通人在关键时刻所绽放出的人性光芒在当下是多么难能可贵啊!大爱无声给浮躁不安的社会带来了更多的温情与理智。

美在距离间

有一种美叫距离。

生活中,再好吃的饭,如果天天吃也会够;同一种文章,如果天天发也会厌。疏于掌控时间距离,势必给人造成审美疲劳。事实上,连续阅读同一种文字,极易产生厌倦和沉闷之感。真正的写作高手不会老重复自己,而是善于巧妙地运用审美距离,给读者留出思考、回味的时间,不断创造新鲜的质感和惊奇,让人总有新的期待和收获。推而广之,亲人之间、朋友之间、同事之间保持适当距离未尝不是件好事。夫妻小别胜新婚讲的就是距离产生美。春节亲人相聚,正因有天各一方的距离才会难舍难分。思念常因距离而唯美动人。友情总因遥远而倍加珍惜。在社交场合保持适当的距离会让你更加风度翩翩、优雅迷人。

审美距离,最早是由瑞士心理学家、语言学家布洛在《"心理距离"作为一项艺术因素与审美原则》论文中所提出的观点。这篇文章主要讲的是"心理距离说"。布洛认为,在审美中必须保持一定距离,使得客观现象无从与现实的自我发生钩搭,因而能使其充分显示本色。这里布洛讲的是心理距离,并不是一般意义的时空距离,但他承认时空距离对审美的重要性。人们都懂得距离产生美之道理,但究竟如何把握好尺度却很难。那种刚刚好的感觉,绝不仅仅是一种尺度,更是一种距离啊!

在现实中,人与人之间出现矛盾,有些是利益冲突所致,有些则因过于亲密,甚至不分你我,看似挺好,殊不知极易迷失自我,既看不清对方,又不注意给彼此留下独处空间,结果常因小事发生矛盾,影响关系。当局者迷,旁观者清。所以,要妥善处理好各种关系,就必须保持一定距离,做到若即若离,进退自如,那种感觉刚刚好。

另外,在欣赏文学作品,特别是诗词时,也要把握好心理距离。不仅要站在创作者的角度用真性情去赏析和评论,而且还要站在评论家的角度与作品保持适当的距离,这样既可以深刻领悟作品所要表达的主题思想,又可以用更高的艺术标准客观地去衡量、判定作品自身的审美价值。否则,距离越近就越容易把自己的思想情感与作品掺合起来,无法真正看到作品本色,而距离远了又看不清。所以,只有恰当把握好距离才能更精准地去评论作品,全面提升审美层次和艺术品位。

工作也是一种快乐

人只有把工作当成快乐，才能在工作中找到快乐。

妻五十周岁生日那天，刚好单位正式通知其退休。我们觉得是件好事，隆重庆贺了一番。妻说："干了几十年，上班时总想退休，可真要退下来，这还挺留恋的。其实，工作也是一种快乐。"工作不仅可以改善人的物质生活，而且还可丰富人的精神世界。生活因工作而快乐，生命因工作而年轻，工作是延缓衰老的重要途径。

平时，繁重而紧张的工作常会让我们滋生某种厌倦和逆反心理，总是盼着能早点退下来，干自己想干的事才会有快乐。事实上，人生的许多快乐往往在工作追求中才能真正体悟到。工作可以让自己有明确的奋斗目标，整日忙碌着，也快乐着。工作可以让自己广泛接触社会生活，开阔视野，增长才干，心胸豁达。工作可以让自己广交朋友，获得群体归属感，享受友谊的温暖。工作能让日渐衰老的身心变得思路清晰、反应敏捷，充满青春的活力与朝气。工作能让混乱无序的日常生活、变得井然有序、有条不紊。工作还能永葆澎湃的生命激情,超越平凡,不断奏响嘹亮的人生凯歌。

总之,工作就像一轮灿烂的朝阳,总能给人以无限的希望与美好。美国心理学博士雷米曾做过一项研究,发现世界上最忙碌最紧张的名人们,通常比普通人的寿命要高出29%。他还发现外出工作的妇女比家庭妇女发病率要底。幸福即是工作。劳动越多,幸福越多。人要追求幸福生活就必须工作。正如日本著名企业家松下幸之助所说:"真正的幸福就是愉快的工作。"

把工作当成快乐,就要爱岗敬业,像乔布斯那样把工作当成人生最大乐趣,矢志不移,永不懈怠。要确立明确的奋斗目标和工作思路,每一年、每一月、每一天都有清晰的工作计划,不得过且过,不当一天和尚撞一天钟。时刻以顽强的毅力顶住压力,以必胜的信念战胜挑战,从容不迫,始终保持云淡风轻的好心态。经常反思自我,学会自我调适,自我放松,自我鼓励,自我加压,适时修正错误,改进不足,轻装前行,永葆昂扬的斗志。

自　由

自由是幸福的最高境界。

德国著名哲学家康德说过,自由不是想干什么就干什么,而是不想干什么就有能力不干什么。一位在监狱服刑的贪官曾对前来看他的人说:"现在,只要给我自由,我啥都不要,我和老婆孩子靠打工生活也幸福啊!"事实上,幸福的要义并不那么深奥,而在于自由自在地过好每一天。有时候,自由就像一把尺子,能够时刻丈量出人性的高度。一方面,有些失去自由的人,可能是迫于某种生计的压力,无法选择,只好忍气吞声;另一方面,有些失去自由的人,则是人性有了偏差,罪有应得。这些人把追求金钱当作幸福的最高境界,而失去了原本的自由。这样的人能算是幸福吗?人世间,得不到的东西是最好的。得到了就要加倍珍惜。比如,自由。

散　步

　　几年前,孩子考到自治区重点高中,妻又在附近公交公司上班。当时,正好赶上金融危机,房价下跌,没敢多想,就果断出手买了学区房。这里走一会就可到达繁华的市中心,学校离小区不到百米,上学更是方便。别看周围环境比较嘈杂,但后面那个绿树成荫的植物园,却是大伙儿散步遛弯的好去处,着实令人羡慕不已。

　　无论春夏秋冬,也不管工作有多累,一到晚上,人们如同赶集一样,就会从四面八方云集而来。有的来跳舞,有的来散步。大家各忙各的,谁也不理会谁。有一次,一群酒足饭饱的男士从门口鱼贯而入,那样子好似打群架一般,呼呼啦啦,打嗝放屁,嬉笑怒骂,形如螃蟹过街,横行霸道,把个道路挡得想过去都难,全然忘记了园内还有别人在散步。还有那结伴同行的女士们更是出彩儿,说是散步,其实跟跑步差不多。她们走起路来,脚步"嗖嗖",慌慌张张,两只手使劲猛甩,样子憨憨的。另一些人是耍单帮的,一个人走着,看起来挺文雅的,可是走着走着突然就像受到了啥刺激似的,"噌"地一下跑到树林猛吼几声,声如狼嚎,令人毛骨悚然。还有的是边唱边走,不是小曲儿那种,而是正儿八经的西洋唱法咏叹调,声音忽高忽低,黑灯瞎火地在后面偶尔来这一嗓子,不是把人吓个半死,就是被吓得心跳加快。这还不算,最牛气的当属人狗同行了。不管在家表现怎样,人出来总是要装的。可狗不会装,拉屎撒尿,毫不客气。一旁悠闲散步的你,稍有不慎,即会把你搞臭。有时冷不丁还会朝你汪汪几声,甚至咬你一口,令人提心吊胆。狗如此,是兽性使然,可以理解。人若如此,社会岂能安宁?

  现代社会本应远离粗暴和低俗,可近来一些暴戾的阴影,却不时笼罩在都市的街头,让散步这个平常人最廉价的休闲方式,也受到了空前挑战。散步,散步,散的是烦恼,乐的是心情。如果没了安全,谁还散步?

珍惜那些不经意的美

有一些东西失去才觉得美。

那阵子,妻每早上班前总要给我放下两颗煮好的茶蛋,而每一次我又总是匆匆忙忙地忘记吃,也没在意。几个月前,我的后背一直疼痛,后来经查得了胆结石。那会儿,我经常到公司楼下的面包店买一种叫椰蓉吐司的面包,再配上一杯热奶茶,虽然很好吃,但每一次吃完后背总疼。后来我一查得了胆结石不能吃鸡蛋,而这种面包刚好有鸡蛋。就这样,鸡蛋和喜欢的椰蓉吐司从此与我无缘了,我感慨良久。

可是,不能吃鸡蛋的日子里我又特想吃鸡蛋。那天,买早点时闻到香喷喷的煮茶蛋和红糖焙子味道,那是我心里特向往的久违的味道,就像人性的某种东西。于是我悄悄地买了两个热茶蛋和焙子。妻发现后不让我吃,可是她一上班,我还是偷着吃了,结果一个上午不得安生。人就是这样,拥有的时候不一定很在意,一旦失去,才发现那种不经意的美是多么的珍贵而美好啊！亲情、爱情、友情，样样皆如此；你、我、他，人人都一样啊！

网络是最讲人性的。开博一年多了，我经常被网络世界里那份浓浓的人文情怀感染着、教育着。在物欲横流的年代里，依然有那么一些人在执着于人类精神生活的高贵与圣洁。曾几何时，那美轮美奂的典雅博园，那独抒性灵的精美诗作，那遥远相牵的无声问候，不知装点了多少繁华过后的宁静，不知分享了多少喜怒哀乐的真实。彼此关爱，互相鼓励。有时，一个点赞就是一份真诚，一句评语就是一种情怀，一张笑脸就是一种缘分，一份礼物就是一个故事。

在每一个平淡的日子里，这一切不经意的美好，宛如难以割舍的亲情，非常值得我们去珍惜、去回味、去收藏。

人生即是一次长长的旅行，不可能所有的人都能陪你到终点，也不可能所有的人都心想事成。每一个缘分的路口总会有人下车，又总会有人上车。生命正是在这不断的聚散离合与得失之间才有了深度。某一天，当曲终人散，人去楼空，如果彼此懂得珍惜，我们澎湃的心中依然温暖如春。

今晚,相约在优雅的博客中

有一种方式在改变着人的习惯。

夜阑人静,放下所有的功名利禄,荡尽尘世的种种烦忧,我独自静坐在书房里,默默地期盼着与老友的重逢。那种心境和情调,就像在灯光幽暗的酒吧里听着轻柔而温婉的小夜曲,斟一杯窖藏许久的红酒,在等待一个遥远而优雅的身影飘然而至。

那心静如水的时刻,我会讲一段红尘往事给你听。

我说过,我们会在优雅的博客中相会,也会在友爱的鼓励中感受人性的温暖与崇高。也许,大家来自不同的地域、不同的民族、不同的环境,但有缘的人在这里相逢,有爱的人在这里歌唱。不用面具,不用演戏,不用再装,一切都是自然坦荡的心绪流露,一切都是淡定从容的情感独白。有时,哪怕图文粗一点、思想浅一点,我们也会报以赞美的笑脸,那可是灵魂深处最动人的歌啊!有时,很久不见老友的文字,我们总要跑过去坐一坐,看看老友的博文是否还有我永远的祝福与期盼。

许多个宁静而温馨的夜晚，无论是南来北往奋斗打拼的弱冠小生，还是退出江湖颐养天年的古稀老人，大家既无阶层与职务之分，也无年龄和性别之区，一同沐浴着人性的曙光，相会在优雅的博客中，用思想的脊背挺起文章的腰板，用真诚的表达构筑和谐的家园。这种方式不仅在悄悄地改变着我们的习惯，而且也在深刻地改变着中国，改变着世界，让优雅成为人间亮丽的风景，让同一个世界、同一个梦想成为可能，让所有的陌生和偏见跨越高山大河，一同走向大爱的彼岸。交流互动，彼此分享成功的欢乐；相互支持，共同走过人生的雨季；启迪未来，你我点燃希望的火炬。任凭苦难与挫折的考验，我们追求真善美的脚步永不停止，我们鞭打假恶丑的决心永不改变，我们讴歌人性美的激情永不泯灭。

缘分是永不流逝的飨宴

"缘分是永不流逝的飨宴。"

周末的上午,独自宅在家里,静坐书房,香港作家张小娴这句经典的话语一直感动着我。晚上,刚好邀几位战友小聚。部队是铁打的营盘流水的兵,在一起的时候不觉得怎样,一转业,有的人退职休养,有的人安置工作,有的人自主择业,大家各奔东西,不在一个大院住了,平时各忙各的,联系很少,时间久了,那份绿色的军人情结也渐行渐远。于是,只要谁的孩子结婚或举办生日宴,大家都特别珍惜难得的相聚机会。

初秋的一天,我去参加一位战友的孩子的婚礼,有一位几十年的老战友特别高兴能在宴席上遇到我,她说:"其实,参加这样的婚礼不仅是为新人捧场祝贺,也是想见见这些久违的老友,重温那些在一起的好时光。"她的话让我很是感动,也成为这次聚会最大的收获。是啊,许多时候,人生的缘分似乎总与飨宴和吃有关。逢年过节家族聚会要吃,平时生老病死要吃,年终工作酒会要吃,友人别离相聚要吃,悲伤高兴也要吃,这一切曾经愉悦过我们心灵的美食常常飘满了爱的味道,也让这人与人之间三世因果与九道轮回的纯美之缘温暖如春。

民企人员流动大,今天你来明天他走,接风与送行总少不了。可一样的形式却有不一样的心情。前几天,华北区域总裁突然离职了,他来的时候我们举办了隆重的接风仪式,那场宴会他兴奋地唱了好几首。他在这个企业服务了将近20年,临走那天有些落寞,我和老总特意为他送行。虽然宴席规模不大,但有他喜欢吃的红烧狮子头和广深烧鹅等。因我得了胆结石,当时后背疼得很厉害,老总嘱咐不让我喝,但心实情浓的我还是与他共饮了一杯离别的酒。之前,我们相互非常欣赏,后来曾因工作发生过矛盾,我已经释怀,他却记在心里。可是,当他看到我强忍着疼痛频频举杯时竟感动得泪眼蒙眬,半天也说不出话来。

那个依依惜别的午后,望着他渐渐消失在落叶飘零的街头,我和老总禁不住慨叹道:"天下没有不散的宴席啊!"有相聚必会有分离,一杯酒即是一生情。也许,彼此今生的缘分就这么多,但每一次宴席留给我们的不仅仅是愉悦的滋味,还有那回味无穷的友情……

大爱在身边

曾经以为只有大灾过后才有大爱,而事实上大爱就在身边。

在一次演讲比赛中,一位年轻的员工曾动情地说,大爱未必都要惊天动地,例如在商场里少买一件不必要的衣服,在饭店里少点一个好菜,把省下来的钱捐给那些贫困的姐妹,让她们添一件新衣,在你休假游玩时挤点时间为留守儿童做一次义务辅导等。我听后思考了很久。是啊!大难来临时所迸发出来的那种大爱固然震撼人心,但日常生活中那些看似不起眼的大爱,不也能让我们感受到温暖吗?

有一位来城里打工的60多岁的老大姐,负责小区楼道的卫生清理工作。她经常把垃圾堆里的废纸壳和旧报纸整理好,拿去卖钱。妻看后嘱咐我:"以后咱们看完的报纸、纸壳箱和矿泉水瓶别再扔了,积攒起来,给大姐放在楼道一角,让她卖钱吧!"每次大姐过来擦地时拿起那些废纸壳和塑料瓶,总是感激不尽,甚至每一回都要在我家门口多擦几下。我和妻非常感动。

公司里有一位年龄和我的孩子差不多的员工,他家刚好住在我每天回家的途中。每晚下班,看到他在寒风中等公交的样子,让我很是心疼。于是,每天下班我总要捎他一程。这看似简单的爱心让他感动不已。那天,他父亲过生日,他在网上买了一个刻有属马图案的温酒壶,他知道我也属马,悄悄地给我也买了一个。于是,在每一个寒冷的冬夜,我总会用那个壶来温酒。那一壶老酒伴着时光的流逝,仿佛在诉说着彼此今生的缘分。公司档案资料员小丁,已是不惑之年了,至今未婚。每当周末休息时,她总要拿出半天时间到郊县敬老院去做义工。她不厌其烦地帮助那里的工人清理卫生。看到做饭的师傅就一人,老人们想吃顿饺子都难,她就和志愿者经常为老人们包饺子。每次看到老人们快乐吃饺子的样子,她虽然很累,但感到很值得。

大爱无处不在,有时仅仅是举手之劳:当大雨滂沱,人们在雨中行走时,你开车路过能够松一下油门,给别人一个洁净的空间;当你在繁华的街头看到那些双腿全无、痛苦乞讨的残疾人时,能够随手放下几块零花钱;当年迈的老人站在公交车上时,你能够主动给他们让个座;当礼貌的交警请你交违章罚款时,你能够不再狡辩而是歉意地交上罚款;当你遇到重大挫折时依然能够把痛苦埋在心里,把微笑带给身边的每一个人……

哪里有大爱,哪里就有温暖。

重拾那些久违的温情

今生如果有可能,我愿重新回到生命最初的宁静,丢弃尘世纷繁的杂念,去找寻那些久违的温情。

前不久,发生在新疆乌鲁木齐的那场暴恐案件,又有31名同胞失去了宝贵的生命,这让平凡的我们再一次看到了人性的暴戾。而我们在愤怒地声讨恐怖分子时往往会忽略一些饱含温情的细节。

那天一大早,在乌鲁木齐市公园北路开烤肉店的维吾尔族老板库地热提·卡德尔来到店里,正招呼员工准备开张。可不远处突然传来了爆炸声,丧心病狂的歹徒用汽车冲撞路人,人们四处逃散。见此情景,他迅速打开店门,焦急地呼喊着附近的老人和小孩赶快进店躲避。店里的维吾尔族员工因为汉语不流利,情急之下拉住街上慌乱的人就往店里送。库地热提·卡德尔一边安抚惊魂未定的人们,一边给大家熬奶茶。他还动情地说:"到我这里来的人,大部分我都认识,关键时候应该拉大家一把。"

这句话温暖了惊恐万分的人,让他们重新燃起了希望的火焰。一个有爱心的社会必然充满了绵绵无尽的温情,一个有爱心的人必然心存善意与良知。

有一位长途客车司机,在一次出车途中突然一块大铁片从天而降,在击碎挡风玻璃后,直砸向他的腹部和手臂。为了保住车上的24名乘客生命,他没有急刹车或猛打方向盘,而是手捂流血的腹部,强忍剧痛,缓缓减速,拉起了手刹,开启双灯并打开车门。他用自己生命的最后1分16秒保证了24名乘客的安全,而自己却伤重不治。人们说他是最美的司机,可我却说,他的美不在于行动而在心灵,他用人性的温情书写了生命的高贵。

我在边防一线工作时,隆冬时节大雪封山,驻守在密林深处的官兵们无法出山,几个月吃不到新鲜蔬菜,生活异常艰苦。每到年关,我总要顶着风雪、带上年货去看他们。每一次,不管风雪多大,他们都会在门口列队迎候。如今,在仅有的几张老照片中,我看到当年我与他们握手时,我的身子放得很低、很低。

一个人的谦卑胜过一群人的问候。

谦卑,重新拾起一个民族久违的温情,让人变得高贵而伟岸。

敬畏生命亦是富贵

无论是春夏秋冬,还是刮风下雨,每次开车上路,我最先看到的都是交警和环卫工人。他们平凡得如同一颗颗无人知道的小草,在默默地装扮着这座城市的美丽与繁华。当我们坐在温暖的屋里看电视或打牌时,他们却在寒风凛冽的街头工作着;当我们坐在室内享受着空调的凉风时,他们却站在炎炎的烈日下暴晒着。不管是为了社会的文明还是为了个人的生存,他们都在书写着一座城市的平安与洁净。而我们对他们劳动的认同也见证了一座城市的良心。

对劳动的尊重即是对社会的尊重。

我曾不止一次告诫自己,平时不管有多忙,一定要心中有爱、眼中有人。可就在前不久,一名家中十分贫困的交警在执勤中被醉驾司机撞倒而不幸殉职,撇下了卧病在床的老母和妻儿,孤立无援。就在昨天,又有一位交警被撞飞,令人震惊不已。还有环卫工人,他们每天凌晨4点就开始清扫大街,他们忙碌的身影宛若一团团炽热的火焰温暖着城市的每一个角落。可是,有多少人能够体味到他们的艰辛呢?他们的付出终不能换来一些人的尊重,甚至还面临着危险。每一次听到环卫工人被撞死的报道,我总会悲伤很久。在这个世界上,任何一个生命都值得人们去敬畏、去珍惜、去呵护。这是一个国家的素质,也是一个民族的良知。

  我常常惊诧于那些撞死了人还振振有词的所谓醉驾之人,他们因驾着豪车而滋生出的那种特有的优越感,其实多半是在"装"。事实上,真正喝得一塌糊涂的人是无法把车开到路上的。他们藐视的不仅是法律,还有鲜活的生命啊!

  富裕的时代不能培养出富贵的人,这不是社会的悲哀,而是自我的悲哀。作为世界第二大经济体的国民,扪心自问,我们的言行是否推动了社会的进步?我们的心态是否具备了大国的风范?不用拿更多的理由去解释、去辩驳,言行就是最好的例证。富裕不仅是物质的概念,还有精神的内涵。一个人对生命连起码的敬畏都没有,心中无爱、目中无人,还能指望他为社会做些什么呢?

  人世间真正的富贵,绝不是物质上的极度奢侈,更不是泯灭人性的恣意张狂,而是在享受着自我劳动的果实中对他人、对社会仍保有一颗真诚的爱心,对鲜活的生命始终充满无限的敬畏。

文明是一种习惯

在物质日渐丰富的今天,文明依然像一把道德的尺子时刻丈量着国民的素质。

人们过惯了城市拥挤而繁忙的生活,总想在节假日到郊外景区旅游一下,尽享大自然的清新与开阔。但当我们带着快乐踏上旅行之路时,是不是也该把文明的习惯带上呢?据有关部门统计,今年国庆长假,6天时间,北京八达岭长城景区就接待游客达35.66万人,共产生垃圾109吨。这些垃圾都是环卫工人一袋一袋从上面背下来的,其辛苦程度可想而知。

文明是一种素质,也是一种习惯。国庆前夕,我到上海参加短期培训班。过马路时,我在十字路口看到所有的行人都自觉地等着绿灯亮起,才在人行斑马线上有序地过马路,没有一个人抢着先过。我感慨道:"不愧是国际大都市啊!瞧,市民的素质真高!"我平时在开车时,看到行人过马路总会停下车,让行人先过,可他们却一下愣住了，每次我都摆了好几次手他们才走。我知道，这可能是大家习惯了车先过，然后行人再走。而事实上，在一些文明程度高的城市里都是车等人的。以人为本是文明社会的重要标志。行人闯红灯过马路也习以为常，就像郊外旅行扔垃圾一样习惯了。无论在什么地方都如此这般，比如在公共场所特别是饭店旁若无人，大声喧哗等。

许多年前，我在口岸工作时，曾见过两个外国人在口岸国际饭店大厅就餐。他们说话声音很小，旁人几乎听不见，举手投足很是文雅，给我留下了深刻的印象，感觉不是在装，而是习惯养成。所以，每一次从电视画面上看到节假日旅行扔垃圾的新闻，我就想，其实文明就是一种习惯，只要我们每个人、每个家庭都养成平时不随便扔垃圾的习惯，我们离文明社会的距离就不远了。当然，人的素质修养很重要，但不能指望一下子十几亿人口全都素质提高了，都变得文明了，这不现实，也不可能。这也说明，目前我们国家离高度发达得文明社会的标准还有很长很长的路要走，我们都有责任和使命去实现它。只有每个人都身体力行，从自己开始，从点滴做起，逐步养成文明的习惯，中国的形象才能在世界舞台上真正高大起来。

一个人也能快乐

一个人加入的圈子越少内心就越丰富。

曾经有一首歌唱得好:"在人多时候最沉默,笑容也寂寞。"事实上,对那些感受能力特别强的智者来说,内心深处情感世界的异常丰富,往往使得个人的思想和行为与身边一些人有着明显的不同。很多活着的时候不被同时代的人所理解,被称为怪人和疯子的人,如叔本华、尼采、卡夫卡等,死后其作品经过时间的检验,才被人们发现原来是天才的杰作。这也注定了那些与世俗格格不入的人,必然以其非凡的智慧和天才的思想,长久地生活在孤独和寂寞之中。他们与那些社会上热衷于名利的人们相比,最大的特点是都愿意远离喧闹的人群,都愿意独处于寂静的夜晚,因为他们早已习惯了一个人也能热闹地生活。他们的快乐是对更多人的无聊困惑的一种深层次的情感诠释和解读。

一个人内心强大才是真正的强大。

真有意思

每一次去市场买菜,我总要打听市场行情,除了解价格的变化外,有时还能听到些新鲜事儿。三教九流,各色人等,家长里短,国际国内,好似浓缩的社会,令人眼界大开,收获甚多。

有一次,我来到一个女孩的菜摊前,问了半天菜价,刚要买,却被朋友临时给叫到酒场去了。末了,那女孩撅着小嘴冲我生气地说:"真有意思!"我一听,不但没生气,反而乐了。那天中午,朋友把我引见给他的几位同事。他们职务不高,都有"官范"。大家客客气气,频频举杯,谁也不真喝,每次仅抿一下,就算是给面子。看到他们应付差事的样子,再看朋友一个人艰难地往下喝,我心里觉得很没意思,但表面上还得装着有意思的样子,笑着为朋友打圆场,实际是活受罪。回来时,我又想起那句话——"真有意思!"仔细琢磨,人如果感到活得真有意思,那必然是很快乐的人;而活得假装有意思,那一定是很痛苦的人,因为他只是在演戏,一切都是装的。

事实上，我常买菜的那个市场，有 3 位 70 多岁的老人也在卖菜。每天一大早，他们就蹬着三轮车去批发市场批菜，然后拉到市场卖。他们的生意很有特点。别人卖的菜从来不洗，连泥带土一勺烩，而他们总是洗得干干净净，绿莹莹的。别人卖的是大众化的黄瓜、辣椒和茄子，他们则是少有的苦瓜、丝瓜和菜心。每次货进的很多，但价钱低、菜干净、人又好，卖得就很快。三位老人，卖菜的，收钱的，打包的，各把一摊，分工明确，井井有条，而且每天都穿得干净利索，笑呵呵的，很有精气神儿，很阳光。其实，他们都衣食无忧，家中孩子早已成家立业，不用再辛苦赚钱。老人们卖菜也只是为了有点乐趣，为了活着有意思。他们卖出去的是菜品，更是人品。每每看到三个忙碌而执着的身影，我便会陷入长久的沉思。他们在生命的黄昏中用劳动所创造的那份淡定而从容的美，那种能干点啥就干点啥，干不了也别添乱的朴素情怀，在日渐浮华而狂躁的世相面前，是多么崇高与伟岸啊！他们对生命的无限敬畏，那才是真正的有意思。

有意思才有品质。

活出分量

近来，随着反腐力度的加大，落马的人数日渐增多。这些人昔日风光不再，直落得人财两空、身败名裂时方才大彻大悟：正因为自己人性有了偏差，把有些东西看得太重了，致使原本厚重的人生变得那么轻薄和空虚。

细细想来，在滚滚红尘之中，人能够守住底线，活出精彩，收获一份有分量的人生，实属不易。有一位老干部，一退休就带着老伴从省城回到老家，承包了大片荒山，带领村民开始绿化荒山，种植果树。日复一日，年复一年，经过十几年的奋斗，终于将荒山变为绿色果园，村民们走上了致富路。临死的时候，他对说老伴说："这辈子咱没白活啊！"

今年3月，我应聘到一家大公司当高管。老板拥有上百亿的资产，其身价之高，令我惊讶不已。但他们一家三口，包括而立之年的女儿，工作依然那么勤勉敬业，每天晚上直到7点半才下班，第二天,又第一个来上班。我问他:"您已经是亿万富翁了,为什么还那么辛苦呢?"他说:"我从村里出来,带了很多人,现在我富了,就不想再干了,那他们怎么办?人活着总得有点儿责任感哪!"我听后,心里热乎乎的。我现在居住的小区的门卫是位古稀之年的老人。他和老伴从郊区农村来这座城市,为的是一边打工一边伺候年迈的岳母。按理说,两位老人早已到了安度晚年享享清福的岁数,可他们依然过来尽一份孝心。他们每天除了下夜就是捡破烂,还要去医院看望岳母,虽然很累,但两人活得有滋有味,快乐无比。

　　也许,每个人都在用不同的方式诠释不同的人生。但无论走到哪里,只要我们身上时刻闪烁着人性的光辉,平淡的人生就能活出厚重的美感。

空杯心态

空杯心态,实际上是对工作、学习、生活、生命的放空、低头和吐故纳新。放得越空,拥有的就会越多。空杯心态出自一则佛学故事。据说,曾经有一个佛学造诣很深的人态度傲慢地拜访一位禅师。禅师毕恭毕敬地为他沏茶,杯子明明满了,禅师还不停地倒。他不停地问:"为什么杯子已经满了,还要往里倒?"大师说:"是啊,既然已满,干吗还倒呢?"这就是空杯心态的起源,主要是用来告诫那些骄傲自满的人。

生活中,经常可以看到一些年轻的运动员,经过多少年的艰苦训练,终于在奥运会上获得了冠军,成为世人瞩目的体育明星,可谓一举成名天下知。家人和朋友都为其骄傲和自豪。照理说,年纪轻轻就小有成就,本该继续努力,攀登更高峰。可是,一些人不是跟教练闹矛盾,就是自己违规违纪,谁的话也不听了,骄傲自满,把自己真的当成了大明星,整天不是忙着刻苦训练,而是在电视上频频露脸,显得异常浮躁而轻狂,直到荒废了事业才后悔莫及,让人不禁叹息。还有一些本来很有发展前途的演员,在没成名之前还挺谦虚,还经常参加一些公益活动,让人很是感动。可一但有点小名气便不可一世了,处处以大腕自居,耍大牌,摆架子,安于现状,不思进取。甚至有的还与贪官、奸商搅和在一起,表面上风光无限,背地里尽干些见不得人的勾当,不仅葬送了自己宝贵的艺术生涯,而且还走上了违法犯罪道路。这样的例子比比皆是,不胜枚举。

其实,就人的一生来说,辉煌的日子毕竟短暂,奋斗的岁月却很漫长。特别是面对掌声和鲜花,千万要铭记"谦虚使人进步,骄傲使人落后"的道理。人活到老,学到老,改造到老,才能走好人生的每一步。一个人若想在有限的生命中绽放出无限的精彩,就必须摒弃自满的心态,时刻放空自我。

生命因放空而美好。

梦想的距离

那天去上海面试,我特意理了短发,显得很精干。应聘成功后,我一直对那位理发师心存感激。

那位理发的小伙子比我儿子大1岁,家境贫困,仅有几间破旧的老屋。17岁那年,他从乡下来城里学理发。他肯吃苦,人又聪明,很快就学会了理发的手艺。几年以后,自己开了理发店。因为他理得好,服务热情,而且对那些上了年纪的人特别的优惠,有时钱给多少就算多少,他从不计较,甚至遇到很困难的人他还不收钱。不长时间他就在这条老街出了名儿。回头客越来越多,生意一天比一天火,可无论给谁理,他都像创作一件精美的艺术品一样,认认真真,一丝不苟,连一道工序都不能少。他把理发当成了艺术来追求,让平淡的生活充满了无限阳光。有一次,我去理发,问他有啥梦想,他笑着说:"从小我有很多梦想,都虚无缥缈,现在,我就想当这个城市最好的理发师。其实,梦想没有对错,也没有大小。想干,路就在脚下;不想干,路就在天边。"他的话让我很感动,我没有想到他小小的年纪竟对梦想有如此深刻的见解。他与别人最大的不同,就在于他是用心、用情、用思想去理发。那一刻,我对他刮目相看。

梦想离我们很近也很远。

那天,如果我不放下架子去上海参加面试,今天就没有机会做国内知名地产企业的高管了,就会失去实现财富和梦想的平台。一位北大毕业的法律硕士选择开一家米粉店,而且做得风生水起,梦想着把米粉做成一种艺术,做成中国的意大利面,让餐饮业成为一个受人尊敬的行业。我想,他选择创业不仅面临着资金的困难,还要面临传统世俗观念的挑战。但是他勇敢地打破了内心的条条框框,用自己的行动缩短了实现梦想的距离。

一个人的梦想可以有多种,但实现梦想的途径只有一个,那就是行动。有梦想没行动,那只是妄想。丈量梦想的距离关键是靠行动。

胸有大志才会美

曾几何时，人们贬损男人的头一句便是"这人胸无大志，一看就没啥出息"，而不是把其长相放在首位。

男人的长相与其智商往往成反比。不信，你瞧瞧，在灿若群星的企业家群体中，论容貌、气质能与中信大老板荣毅仁相媲美的人还真不多，但若论才学、胆识和成就，能与之媲美的却大有人在。远的不说，全球最大的网络交易平台阿里巴巴的创始人马云，这个其貌不扬的老板，早年从师范院校毕业后，当上了大学英语老师。当时还算不错的工作，但他胸有大志，不甘寂寞，一心想在电商领域干一番大事业。虽经过多次失败和打击，但他矢志不渝，终成电商老大，创造了无数奇迹，令人钦佩。新东方的俞敏洪也是位貌不出众的大学英语老师，他立志想在中国民办教育领域一展身手，闯出一番天地。经过多年打拼，他创立的新东方教育科技集团蜚声海内外，成为中国第一家在美国上市的教育培训机构，让更多的创业者在绝望中看到了希望和光明。巨人网络的史玉柱,长相也很普通,没有玉树临风的潇洒气质,但他有志向、有梦想、有追求,敢于担当,在事业遭受巨大挫折,甚至穷困潦倒之时,仍有大批追随者不离不弃、全力支持他。最终他再度崛起,成为一代商业传奇。

这些成功的男人几乎都有平凡的背景和平庸的长相,但又都是有人生大志向和大智慧,敢于为梦想而百折不挠、义无反顾的人。一个有志向、有梦想的男人,无论外表有多平常,也会很美。而一个胸无大志、不思进取的男人,长相再好也不美。

岁月远走梦依旧

喜欢一种感觉：夜幕降临，华灯初上，结束一天繁忙而紧张的工作之后，不开车、不约友、不心烦，就一个人，身披一件墨绿色的挂胆长风衣，头戴一顶深黑色花边棒球帽，肩挎一款深棕色金利来男包，淡定从容地走出写字楼，携一份心存许久的浪漫情怀，轻挽岁月远去的手，闲看黄叶飘零的美，含笑迎风走进这深秋塞外的街头，那种轻松怡然的生命质感是那么美好而绅士。尤其是每一次深情凝望自己参与建造的这座即将竣工开业的大型商业综合体，那种男人常有的成就感让我无比的自豪与快慰。那一刻，脚下的步履依然是那么的年轻而欢快。

尽管人已到中年，但我依然保持着青春的活力和澎湃的激情。许多时候，人的青春与年龄无关，却与激情有关。而今，退出现役已近两载，老干部云集的钓鱼塘和麻将桌没有留下我潇洒的身影，竞争激烈的青春职场却留下了我豪迈的声音和昂扬的身影。清晨，迎着灿烂的朝阳出发;夜晚,顶着闪烁的星光而归。一天十几个小时的工作,来回近3个小时的驾驶时间,人近半百、衣食无忧的我依然斗志昂扬,信心满满。闲暇之余,温一碗家乡的陈年老酒,听一曲理查德·克莱德曼的钢琴曲,写一篇唯美动人的心情故事,看一看网上心灵相通的久违的老友,再唱一首《豪情壮志在我胸》,那感觉、那情怀、那心绪,简直美极了!工作是延缓衰老的途径,奋斗是人生快乐的理由,生活是文学创作的源泉,激情是蓬勃向上的动力。未来的日子,无论岁月怎样远走,也不管生命如何变老,我始终会怀揣梦想,永葆澎湃的激情,自信从容地生活每一天。

激情与年龄无关

没有激情就没有斗志。

一个人能不能干大事,首先要看有没有激情。人这一辈子,健康可能会与年龄有关,但激情却不同。激情是一个人奋发向上、开拓进取的力量源泉,也是成就事业、活出精彩的重要条件,更是情系苍生、造福万民的家国情怀。凡有激情的人,大都有梦想、有目标、有追求,浑身上下充满了青春的活力与蓬勃的朝气,碰到困难不灰心,遇到挫折不气馁,取得成就不骄狂,说话思路清晰不糊涂,办事干净利落不拖沓,与人相处宽容大度、一身正气,犹如早晨八九点钟的太阳,总给人以光明和希望。而缺乏激情的人,大都没有梦想,没有目标,更没有追求,整日浑浑噩噩、游手好闲,当一天和尚撞一天钟;遇事不敢担当,总是这不行那不行,在他们眼里似乎一切皆不可能;说话模棱两可,办事拖泥带水,与人相处更是小肚鸡肠,一身负能量,让人倍感压抑与憋闷。事实上,激情如同一首动人的旋律时时演绎着生命的辉煌。

原云南红塔集团董事长褚时健,曾因经济问题被判刑,恢复自由后已75岁高龄。但他百折不挠,不甘沉沦,依然保持着旺盛的生命激情。他独自创业种植脐橙,大获成功,84岁时成为亿万富翁。一位古稀老人,没有被人生的挫折击垮,而是以澎湃的生命激情再铸辉煌。万科地产王石先生曾感佩地说:"我最佩服的企业家不是巴菲特、比尔·盖茨或李嘉诚,而是褚时健。"不光褚时健是这样充满激情,几乎所有的成功企业家都激情澎湃,魅力四射。当年,40岁的柳传志在中科院计算机研究所担任所长,衣食无忧,但他为了心中的梦想,依然丢掉"铁饭碗",选择下海办企业,创办联想公司。力帆集团创始人尹明善下海经商时已到了知天命得年龄,但他义无反顾,勇往直前。我想,如果柳传志、尹明善等人没有一腔澎湃的生命激情来支撑,光靠梦想,他们是不可能成就大事业的。

激情与年龄无关。真正的品质人生往往从50岁开始。

激情是一种兴奋剂,能让人精神振奋,斗志昂扬,愈挫愈勇;激情是一把冲锋号,能让人所向披靡,攻无不克、战无不胜;激情是一首正气歌,能让人头脑理智,淡泊名利,远离浮华。激情能让人充满"大江东去浪淘尽"的豪迈之情,也能让人感受"杨柳岸晓风残月"的婉约之美。无论遇到多少困难与失败,也不管有多少失望和绝望,只要我们时刻保有澎湃的生命激情,再平凡的生命也会绽放出无限光彩!

永远的礼物

年年岁岁花相似,岁岁年年人不同。

再过1个小时,无论我是否愿意,我都将迈入49周岁的门槛。我不知道我会以怎样的心态去面对生命无言的晋级,我更不清楚忙碌的妻子会买啥样的礼物让我心花怒放,反正我早已准备了一份贵重的礼物,以寄托我对未来美好的憧憬与向往。

这些天,我在上海集团总部参加年会,空闲时间我专门到冬日的外滩体验一回别样的风情。当繁华隐去,落叶早已飘满了狭窄的小路,仅有几只旅游船在江中孤寂地游荡着,岸边散步的人很少,昔日人如潮涌的外滩竟显得这般清冷而落寞。静静地站在那里,眺望对岸五光十色的东方明珠塔和巍峨的金茂大厦,我仿佛进入了生命的另一种境界。人这一生,不跟这外滩的风景一样吗?有生命辉煌时的涨潮时期,也会有生命暗淡时的落潮时期。只是我们总会留恋那些辉煌的曾经。就像歌里所唱:"我为什么还在等待,我不知道为何这样痴情,明知辉煌过后是暗淡,仍期待着把一切从头来过……"

仔细想来,这49年间,我经历过两次大难,较之一般的人可能对生命的理解更深一些。这49年,我自己和自己比,虽没有太大的辉煌,但至少心满意足,毫无遗憾。我做过知青商店售货员,又在部队整整服役了30年,把一生最美好的青春年华都献给了共和国的边防事业,最后光荣地从部队正团职领导岗位退休;昊儿明年军校本科也将毕业分配,还有一个美丽善良的贤妻相伴,我感到无比的幸福。这49年,我曾3次荣立个人三等功,被评为"全国公安边防部队优秀共产党员"、"全国公安现役部队纪检监察先进个人"、"内蒙古自治区宣传思想战线先进工作者",曾受到公安部边防局嘉奖,获得国防服役银质奖章;荣获首届英国夏庇诺新闻奖。这49年,我发表各类文章达60多万字,出版了散文集《还念真诚》。还加入了中国散文学会、全国公安文学艺术联合会、内蒙古作家协会和北方文学艺术创作研究中心,作品多次获奖。如今,在国内知名地产集团做高管已一年半了。回首往昔,我忽然意识到以上这些并不是成功,而是成长。

在这静谧的夜晚,伴着悠长的思绪,我的49年人生就像这刚刚撕掉的最后一页日历那样,也将成为历史。明天,新的一年又将开始。此时此刻,面对即将到来的49周岁生日,我感到异常的兴奋和激动。展望未来,我要给自己一份永远的礼物:永葆生命的危机感,一天活出两天的精彩!

今生无悔

人到中年,我有很多后悔之事,但今生我唯一不后悔的就是当兵。

昨天是八一建军节,我邀几位老战友小聚。他们大的已是花甲之年,小的也年近半百。大家虽已退休,衣食无忧,但从未停止追求的脚步,都在做职业经理人。平时,大家相聚很少,都在忙。所以,格外珍惜这样的机会。因为最近自己得了胆结石,很少喝酒。但老战友重逢我是毫不含糊的,何况自己做过主官,喝酒亦是战斗。大家见面非常兴奋,三下五除二,一瓶酒见底,紧接着第二瓶、第三瓶,没有当过兵的人永远也无法体味战友之间那份纯净如水的情意。席间,大家都讲述离开部队之后的种种感受,说得最多的就是这辈子当兵无悔。我知道,当兵的日子对我们来说,绝不仅仅是一份沉甸甸的美好回忆,而是一生最崇高的职业荣耀。

屈指数来,从17岁当兵,到今年3月正式退休,我在部队服役整整30年。30年的军旅生涯中,我付出了很多,甚至差点付出生命的代价。一次是在执行任务中掉入了8米多深的中俄界河冰上窟窿,另一次是翻车滚到了十几米的路基下。尽管两次死里逃生,但我始终无怨无悔。因为组织上给予我的远远多于我的付出。我能从一名仅有初中文化的知青商店售货员,成长为共和国的上校正团职军官,先后两次进高等院校深造,多次立功受奖,并且光荣退休,没有部队多年的教育培养,我是不可能取得这些成绩的。退下来以后,我能够重回职场打拼,靠的也是在部队练就的本领。我永远感谢部队党组织多年的教育和培养,感谢那些真诚关爱我的好领导、好战友,没有他们的呵护就没有我的今天。每一次回省厅大院,一看到那座自己曾经工作过15个春秋、留下许多青春梦想和奋斗足迹的大楼,看到那些年轻的哨兵,看到那些熟悉的WJ牌照的车,总会有一种难以割舍的复杂情感涌上心头,甚至泪眼蒙眬。

两年了,每当我失落的时候,一想到那无比嘹亮的军歌,想到那些可爱可敬的战友,想到他们无言的期待和祝福,我就平添了许多向上的力量。

为你自豪

(一)

时间如白驹过隙,我从中国新闻学院毕业已整整20个春秋了。母校的一草一木至今让我难以忘怀。

中国新闻学院是1986年1月24日经国家教委批准正式成立的,前身是新华社干部进修学院。学院由新华通讯社主办并直接领导,同时接受北京市人民政府领导。院长先后由新华社原社长穆青、郭超人兼任,日常工作由常务副院长主持。母校是世界上唯一一所由国家通讯社主办的高等新闻学府。如果用一句话概括母校的特点,那就是小而精,学习氛围浓厚。我是1992年9月考入中国新闻学院的。校区位于北京海淀区颐和园附近的肖家河正黄旗甲一号,前接中央党校、北京国际关系学院,后临中国农业大学(原北京农大),再往东是中央民族学院、中国人民大学和解放军艺术学院。母校周围名校林立,学习环境特好。当时,母校的在校生仅500多人,有教授、副教授、讲师及助教70多人,另外还聘请新华社50多名资深的高级编辑、高级记者为客座教授。那时,仅设有研究生部和进修部。学院主要以培养既有较强新闻采编技能,又能运用马克思主义基本观点从宏观上观察思考问题;既有扎实的专业学识,又有广博的多学科知识,具有深厚发展潜质的高层次新闻专业人才为己任,培养目标非常清晰、明确。

(二)

新闻大家和文化名人云集,是母校引以为豪的主要原因。穆青作为中共中央委员、新华通讯社社长、当代中国著名记者亲自兼任院长,并经常举办高层次新闻讲座,这是国内任何一所新闻院校都无法企及的。现任全国新闻学研究会会长、中国人民大学新闻与社会发展研究中心主任,博士生导师,享受国务院政府特殊津贴专家郑保卫,曾任中国新闻学院研究生部主任,讲授理论新闻学。我国新闻传播界第一位"全国优秀博士学位论文"获得者,现任中国人民大学新闻学院院长、博士生导师、享受国务院特殊津贴专家蔡雯,曾任中国新闻学院教授,主讲报纸编辑学。中国书法家协会副主席、北京书法家协会主席,著名诗人和书法大家林岫,曾任中国新闻学院教授,主讲古典文学。中国诗词界泰斗,中国韵文学会和中华诗词协会创始人、中外文化研究会会长,受国务院表彰的特殊贡献专家周笃文,曾任中国新闻学院教授,主讲古典诗词。著名文艺评论家、新华社原副总编辑闵凡路,著名摄影家、新华社高级记者张赫嵩及来自新华社驻各国首都分社的学贯中西的资深社长先后在学院授课。这些教授既是业界大家,也是文化精英,听他们的课不仅可以开拓视野、增长才干,而且能打下坚实的知识基础。尤其是他们充满激情的演讲常常令人心潮澎湃,斗志昂扬。正是因为有了这么多一流教授的支撑,母校的学术氛围异常浓厚,相当一批科研成果推动了我国新闻事业的发展进步,也使学院在国内外享有很高的知名度。美国密苏苏比大学等两所院校与中国新闻学院有着密切的合作。《中国青年报》曾刊登年度师资科教分类评价,母校在中国语言类学校中排名第六位。母校还是中国新闻学会的主要理事单位,曾与中国人民大学新闻学院、复旦大学新闻学院、北京广播学院一起轮流担任该学会会长。

(三)

理念务实,重在做人,这是母校的独特魅力。母校不仅注重对师生们进行科学理论的武装,而且特别重视对新闻职业操守的培养,要求每个师生必须时刻在政治上、思想上和行动上同党中央保持高度一致。大力倡导贴近实际、贴近生活、贴近群众的新闻工作理念。正如院长穆青所强调的:"干新闻,首先要学会做人,然后学作文,做人重点是和人民群众的感情。"他一辈子都与人民群众血脉相连,息息相通。他对党的无限忠诚,他对国家、对民族、对人民群众深厚的爱,铸造就了他坚定的政治信念和人格操守。他能够时刻把党的意志和人民的呼声紧紧结合在一起。这一点,20年以后依然深深地影响和激励着我。我时刻反省自己,如履薄冰,不敢有丝毫的懈怠。建院至今，从母校毕业的3588名学生，分布在全国各省市和国外新闻机构，有的担任了地方报台的社长、总编辑，有的获得了正高职称，有的还走上了局级领导岗位，更多的人成了其所在单位的业务骨干。这些人不管走到哪里，不管在什么岗位上，总是一身正气，传播正能量，弘扬主旋律，敢于担当，勇挑重担。如首届毕业生、新华社著名记者邵云环烈士主动申请到科索沃战争前沿进行战地采访，在中国驻南斯拉夫大使馆被炸时不幸壮烈牺牲，深受国人敬仰。

(四)

从难从严，突出实操，这是母校对每个师生最起码的要求。在母校，所有的老师都自己编写教材，他们经常用自己从事新闻工作的生动故事现身说法，听起来既真实又过瘾。一周下来，每个人必须交一篇千字习作，茶余饭后大家都在切磋写作技艺，争论起来常面红耳赤，都把写作当成了最大乐趣，根本没有功夫唱歌跳舞。教新闻写作课的丁教授是当时新华社发稿中心主任，要求特别严格，一般稿子根本看不上。记得光新闻标题制作这门课他就练了我们整整一年哪！大家每天都在练、都在写。有时，我们忙活了一天制作了几十个新闻标题，自己觉得挺不错，可到了丁先生那里，却被改得面目全非，弄得我们脸红红的，都不好意思见人了。那一阵子，为提高写作水平，我几乎把所有的时间都用在了看书读报上了。除通读大量的新闻专业书籍、文学创作理论和经典新闻作品之外，我还反复研读了"五四"以来散文大家的作品和中外著名小说，足足有

158本,获得了异常丰厚的文学精华的滋养与浸染。之后,我从模仿起步开始了写作。我和好友恩东经常进行写作比赛,一个下午就可以写一篇5000多字的纪实文学,且都能发表。那段美好时光中,我的综合素质提高很快,发表了5万多字的文章,并以全校第一名的成绩获得了首届英国夏庇诺新闻奖和中国新闻学院学习优良奖,还受到公安部边防局的嘉奖,可谓满载而归。

(五)

1994年7月18日,我刚一毕业,组织上即把我调到了部队领导机关工作。一路艰辛一路收获,我从师政治机关理论干事做起,到文化记者站站长、编辑部主任、秘书处处长、宣传文化处处长、团政治委员兼党委书记、师政治部副主任等职,3次荣立个人三等功,3次被评为团级优秀主官。这些年来,我所有的工作几乎都与写作有关。我能取得这些成绩的原因固然是多方面的,但在不讲背景的年代,写作确实成全了我的梦想,所以我要永远感谢我的母校,感谢那些无私给予我知识和力量的领导和老师们,是他们引导我走上了这条充满艰辛与光荣的写作之路。是写作让我获得了领导的认可,是写作给了我成长进步的机会,是写作让我平凡的人生绽放出无限光彩。

如今,随着部委院校调整和新华社自身发展需要,国家教育部取消了中国新闻学院建制,学院停止对外招生,只承担新华社从业人员的继续教育任务。那个由改革开放总设计师邓小平同志亲笔题写的"中国新闻学院"校名已不复存在了。

母校高大而伟岸的背影虽然消失在中国新闻教育的舞台上,但却永远珍藏在我火热的心中。今生今世,无论走到哪里,我都会以中国新闻学院的学生而自豪。因为那种正直善良、求实进取、百折不挠的新闻职业操守早已深深地融入了我的灵魂。

信念的力量

有一种力量叫信念。

这些天,我到上海参加集团宣传业务骨干培训,有幸去了趟革命圣地井冈山。披一身蒙蒙细雨,一路走来,感触颇深。特别是置身于毛泽东同志那阴暗潮湿的旧居时,我轻轻地抚摸那顶破旧的斗笠、那张落尘的桌子、那床单薄的茅草铺盖,独自静静地体悟,深深地被眼前的一切所感动、所震撼。

1927年,在南昌起义、秋收起义等相继受挫、革命形势风雨飘摇之时,以毛泽东同志为代表的中国共产党人毅然决然地走上井冈山,开启了以农村包围城市、武装夺取政权的壮丽行程。仅在井冈山两年多的烽火岁月中,就有48000多名英烈献出宝贵生命。就在一些人发出"红旗到底还能打多久"的疑问时,毛泽东同志以无比坚定的理想信念,在微弱的油灯下,写出了《中国红色政权为什么能够存在》、《井冈山的斗争》两篇光辉著作,描绘了"星星之火,可以燎原"的美好前景,极大地鼓舞了红军将士,坚定了大家的理想信念。朱德之妻伍若兰,1929年初随红四军出击赣南时,在江西乌县圳下掩护军部转移的战斗中不幸被捕。敌人知道她的身份后,劝她投降、跟朱德脱离关系,她不答应。面对敌人的严刑拷打,已怀有身孕的她毫不畏惧,大义凛然地说:"共产党人从不怕死,若要我低头,除非日从西边出,赣江水倒流!"最后敌人将她杀害,并残忍地将她的头颅挂在赣州城三天。她用牺牲自己和孩子生命的伟大壮举彰显了信念的力量。

信念是一个国家、一个民族永不枯竭的力量源泉,也是一个人战胜困难和挫折,书写辉煌人生的强大精神支柱。《中国当代名人成功素质分析报告》一书曾介绍了成功所需的九种素质。其中,信念是支撑一个人取得成功的最核心的素质。事实上,人与人事业上的差距,并不在于智商和情商有多高,而在于人生的信念是否坚定。

在上井冈山之前,我带了一本史玉柱的人物传记《巨人归来》。每次阅读,我总会心潮澎湃,斗志昂扬。史玉柱作为当代中国大学生创业的楷模,他能在巨人集团破产、事业遭受巨大挫折后,几经沉沦,又再现江湖,创造一代财富神话,他靠的即是信念的力量。在结束这段红色之旅后,我在上海虹桥机场候机时,买到了俞敏洪的随笔集《在绝望中寻找希望》。追寻他成功创业的心路历程,让我再次感受到了信念与激情的无穷力量。激励他从自卑的阴影中走上辉煌的坦途,正是坚定的人生信念和无限的生命激情。

拥有信念,无论多么卑微的生命都会在绝望中找到希望。

做出自己的味道

独特的味道能让平凡的生命与众不同。

妻的侄子在首府一所烹饪学校学厨师,每次来家我都让他做一两道菜,或是炝炒土豆丝,或是宫保鸡丁,他一切皆按老师的要求操作,甚至味道也如出一辙。我一边品尝,一边对他说:"老师的学生有很多,如果大家毕业后炒菜都是老师的味道,那谁也成不了大厨,更成不了大师。"

在一个行业能独领风骚,必有自己独特的一面。独特方能出众,有个性才有特点,有特点才有竞争力。

刚学厨师可以模仿,一切按老师的要求去做没错,但"师父领进门,修行在个人",想有大出息,就必须做出自己的味道来。为什么全国火锅那么多,唯有四川火锅令人百吃不厌?涮的牛羊肉都差不多,关键是四川火锅底料麻辣鲜香,是厨师做出了独一无二的四川味道。当年在少林寺学武功的俗家弟子有很多,为什么只有李连杰在国际影坛大展拳脚,名利双收,赚个钵满盆满?因为他不仅用心学到了少林功夫的精髓,而且还活学活用、与时俱进,把国际影坛现代武打功夫片的具体要求同中国传统少林武学特点相结合,形成了独具特色的李氏少林功夫,在拳打脚踢中有了自己的味道,才取得了如此长久的成功。

我的老总是东北人,平时着装很有特点。身为职业经理人,他经常上班不着正装,而是随心所欲,想穿啥就穿啥,即便是参加集团年会,他也一身休闲装。老板再生气也得给他面子。原因是他能力超强,素质非常全面,尤其擅于协调与政府的关系,很多难办的事只要他一出面立马就搞定,在这里无人能出其右。在我分管的综合管理部有一位年轻律师,不仅有职业律师的全面素质,而且在地产企业打拼多年,对房地产法务工作特别内行,甚至观点独到,有非常强的实操能力,在业界知名度很高。别的企业法务主管月薪只五六千块,而他却有一万多块,因为他做律师做出了自己的特色,既懂法律知识,又精通地产业务,属于高素质复合型人才,身价自然不菲。

屈指数来,我在部队领导机关任职前后达15年之久,从普通干事到部门领导,我始终靠写作立身,既能写党委工作报告和省委领导讲话,又能写消息通讯和散文小说,尤其擅长撰写深度调查报告和经验总结材料。曾经一个月内我的两篇调研报告获得省委主要领导的高度评价和批示肯定,并向全省政法系统推广学习。融形象思维与抽象思维于一身,集口才与文采为一体,善于在理论与实践的结合上诠释领导的分量与深度。每一篇文字材料,绝不人云亦云,而是写出自己独有的思想高度与文韵气势。与同期一些人相比,我最大的特点就是当多数人因安于现状而享乐时,自己始终保持强烈的危机感和使命感,始终保持与时俱进的学习态度,始终把自己的目光放在社会发展大潮中,而不是仅仅局限在部队大院。

所以,当我退休以后,依然能够保持那份从容与豪迈,在大型民企游刃有余、顺风顺水,从职业军人迅速转变为职业经理人,主要还是干事做人有自己独特的一面。

其实,网络作为新兴的社交场所,博文便是大家沟通交流的媒介和桥梁,写一篇上好的博文如同做饭一样,也要做出自己的味道来。诗词歌赋文,样样皆如此。或大江东去,或小桥流水,或家长里短,或旅行见闻,皆应体现出自己对人生、对社会、对时代精神的深邃思考与独特感悟。好的博文是一面心灵的镜子,时刻在优雅与睿智中折射出灵魂的高度。那种弥漫着独特思想味道的好博更是如此。

责任是活着的理由

没有责任就没有担当。

责任是活着的理由,是人性使然,也是人类文明的重要标志。一个充满责任感的社会如同和谐的大家庭,时时刻刻都能让人感到温暖和快乐,处处闪耀着仁爱的光辉。有责任感的人,能给人以安全和信任,整个社会也会因其存在而变得美好。能够生活在有责任感的社会,沐浴着公平正义的阳光,这是每个公民最朴素、最美好的愿望。但处在转型的社会中,各种文化和价值观相互碰撞,受拜金主义、享乐主义和个人主义等不良思潮的影响,一些人特别是公职人员不能够正确使用手中的权力为民服务,而是不作为、乱作为,甚至以权谋私、贪污腐败,最终走上违法犯罪道路。这些不负责任的表现,不仅败坏了社会风气,损害了政府的形象,而且严重伤害了人们的感情。特别是面对改革所带来的各种利益不公,比如房屋拆迁、企业转制等,一些人往往有苦无处诉,有冤无处申,上告无人理,被逼无奈,最终选择了以极端暴力的方式来发泄对社会的不满,如厦门公交纵火案,让几十条无辜生命瞬间消失,给众多的家庭带来了无尽的伤害。这是个人的悲哀,也是整个社会的悲哀。

每一个有责任感、有正义感的人,都应该同情和支持那些因受到不公而孤立无援的弱者,这是社会的良知,也是人性的必须。但当一个人把自己对社会的不满化作与众多无辜生命同归于尽的暴力行为时,正义即变成了邪恶,我们就不能再给予同情,而是谴责。作为社会的一分子,活着就要有担当,有责任感。无论个人受到过多少不公,选择极端暴力的方式永远不是解决问题的正确方式。能有死的勇气,就有活下来的理由。一个人在任何时候都应善待生命、敬畏生命,绝不应该把个人的愤怒发泄在剥夺其他人的生命上。这种极端狭隘的心理,实际就是对家人和社会的责任缺失。试想,一个充满极端暴力行为的社会,怎么能谈到幸福呢?如果人人都这样,社会岂不变成了人间地狱?

身处浮躁不安的时代,我们渴望责任政府,也渴望责任公民。

风景中的好男人

这世上有些风景只能欣赏无法珍藏,而有些风景却可珍藏,并能永恒。比如,好男人风景。

好男人就像一道亮丽的风景装点着平凡的生活,让每一个热爱生命的女人时刻处于幸福之中。好男人就是要少说多做,当妻子下班后在寒风中等公交车时,你将心爱的座驾悄悄开到她身旁,然后一同驶回真爱的港湾。好男人就是要与妻子心意相通,当妻子驻足在心仪的服饰前想买又嫌贵时,你在妻子晚班归来时将那件她喜爱的服饰悄悄地放在她的枕旁,然后默默离开。好男人就是要牢记爱家庭就是爱社会,时刻把爱的风筝线交给心爱的妻子,无论你飞多高、飞多远,也不能走出妻子的视线,始终坚守本分,闻花香而心不动,赏风景而情不移。好男人就要履行父亲的职责,把微笑写在脸上,把痛苦埋在心里,细心呵护孩子,让孩子时刻沐浴在父爱的阳光下。当孩子面临前途命运的选择时不惜一切代价,为孩子选一条通向光明的坦途。好男人就是要坚持事业第一、家庭至上,时刻牢记白天往外跑是为了家的幸福,晚上往家跑是为了爱的承诺。

好男人就要像柳传志那样具有强烈的事业心和使命感,当企业陷于危难需要你时,义无反顾,挺身而出。好男人就是要像史玉柱那样霸气十足,愈挫愈奋,斗志昂扬,以一身休闲运动服改写美国纽约证券交易所上市敲钟必须西装革履的历史,体现了一个伟大民族傲视群雄的豪迈与霸气。好男人就是要像鲁迅那样保持悲天悯人的情怀,拿起笔,时刻欢乐着人民的欢乐,忧患着人民的忧患,与人民同呼吸、共命运,成为民族的脊梁。好男人就是要有家国情怀,在国家和民族危难时刻,拿起枪,像张自忠那样抵御外侮,不惜战死疆场而无怨无悔。——张自忠将军的伟岸身影是中国好男人的一座丰碑,永远珍藏在中华民族的光辉史册。

让你出彩

人生出彩需要机会。

20年前,我从最偏远的东北小镇调到省厅工作。刚来时,看到机关人才济济,一个比一个出色,竞争很激烈,想有个露脸出彩的机会都很难,心理压力特别大。每天,除了写材料之外,业余时间我几乎都用在了学习提高上,生怕落后。有一次,机关举办庆祝建党75周年演讲大会,每个处室派一个人参加。处长思考再三,把任务交给了我。我深知,对我来说这是个不小的挑战,也是人生出彩的重要机会。所以,我格外珍惜。那天下午,有十几个单位的代表参加演讲,都很精彩。轮到我上场的时候,面对500多人,我镇定自若,全力以赴,感情充沛,足足十分钟,完全脱稿,掌声几次打断我的演讲。我初次亮相即获得了成功,处长对我大加赞赏。打那以后,大家对我刮目相看,一有啥露脸的机会,领导总会想到我。我体会到,有时候领导给你机会,就是让你出彩,但你必须有能力把握住机会。

有一回,组织处长进京调训,撰写党委扩大会主题报告的重任就落到了我的肩上。时间很紧,要求又很高,我深感责任重大,不敢有丝毫的懈怠和放松。整整一个星期,我没有回家,每天干到深夜一两点钟才睡觉,近万字的报告一遍就过了,领导十分满意,代表们也评价很高。之后,主要领导的好多文章都出自我手。虽然干得很辛苦、很累,但我从每一次机会中深刻地领悟到:给你压担子,就是给你机会,让你出彩。后来,我也当了领导,特别注意给人出彩的机会,让他们的梦想实现成为可能。在我主政一方时,无论是分配重大任务,还是参加各种大型比赛,都会给部属机会,尤其是面对上级,让他们充分展示,尽情发挥。如今,很多人都已走上了正团级领导岗位,成为一支部队的军政首长。

这些年,在充满坎坷与艰辛的奋斗道路上,我无时无刻不在提醒自己:与人相处,给别人机会,就是在给自己机会。让别人出彩,就是让自己出彩。

学本领就是买保险

买保险就是买保障。在人们保险意识日益增强的今天,买一份保险确实对自己的幸福生活至关重要。于是,保险行业在当下的中国变得异常活跃和繁荣。我和家人也都买了保险,包括车险等等,觉得这下生活可真有保证了。而事实上,真正的保险,并非那一张保单,而是自己生存与发展的实际本领。

在公司里,有一位部门经理长得如同邻家小妹一样可爱。她虽然每月的薪酬都在1万多块,自己老公赚得也很多,但已经43岁的她,每天依然捧着一本厚厚的英语书,在默默地背单词。有一天,她和我说自己不仅要考职称,而且还要争取更好的职位;学本领其实就是为自己买保险。听了她的想法,我完全被她那种执着的精神所感动、所震撼。我觉得她的可爱不仅在于自身的美丽和善良,还在于对事业的执着与热爱,特别是她对生命价值的不懈追求,而这一点正是当今某些人最缺少的品质。

心中有你

真正的友情,就是心中有你。

那天,儿子的大学校友从老家赤峰乘飞机到包头探亲,特地给他和另一位同学捎来了家乡的特产"对夹"。因为飞机延误,儿子等到夜里12点钟才接上同学。儿子想留同学到家住一宿,第二天早上再走。同学因有急事要办,所以还是连夜走了,并再三表示"让你们久等了"。那个风雨的夜晚,望着他渐渐远去的背影,我和儿子捧着大包"对夹",长久无语。

记得儿子考上大学临走的前一天,20年前我的房东张哥张嫂,为了给孩子表达一份心意,给我们打了一个下午的电话,也没联系上,因为我们号码变了。他们夫妻俩只好从20多里外的城北赶来,费了好大劲才找到我家。看到年过半百的他们急得满头大汗,我和妻感动得热泪盈眶。去年,我退下来以后,有好多朋友和部下纷纷来电话邀我到他们那里走一走,散散心。有的一到这里出差,总要打电话邀我出来小聚。我说:"你走,我不送你。你来,不管刮多大的风、下多大的雨,我都去接你。"有一位在基层担任主官的好友,给我邮来了当地土特产蘑菇、木耳和冷水小鱼儿。咀嚼着自己用真诚培育出的果实,遥想当年善待部属与真诚为人的过往,我获得了从未有过的快慰与自豪。

许多年以来,我始终笃信无论岁月流逝了多少,也不管世事如何变迁,正直守信与实在厚道永远是一个人安身立命的根基。你用什么方式对待别人,别人也会用什么方式对待你。真正的友情不必言表,只要心中有你。

朋友别哭

一首歌即是一段光阴的故事。

人在不同的年龄总会伴着不同的歌曲而成长。小的时候,我们唱着《让我们荡起双桨》走进学校,中学时我们又唱着《年轻的朋友来相会》挥洒着青春的大好时光,在《萍聚》中度过了浪漫的大学时代。当我们渐渐地习惯了这种有歌相伴的日子,我们的青春梦想也在不停的消磨中变得有些麻木了。某一天,我们发现自己慢慢变老了,那些曾经陪伴我们成长的老歌却依然回荡在记忆之中。

人到中年,经历过许多事以后,我们心仪的每一首歌曲、每一段旋律,都是灵魂与灵魂的倾诉,都是情感与情感的共鸣。别人的故事可能与我们无关,但歌声中所表达的那种无法言表的情愫却是我们心中最美的故事。通俗音乐作为一个时代社会大众情绪的自然流露,较之其他艺术形式,在诠释爱情、亲情和友情真谛方面更接近真实的人性。所以,对那些具有丰富人生内涵的通俗歌曲我总是情有独钟,百唱不厌。其实,唱歌和听音乐也是一种交流。人生虽然有很多困惑和迷惘让我们长久无法释怀,但是有时听到一首好的歌曲,我们就像见到了久别的老友一样亲切,在不自不觉中又找到了真实的自我。

十多年前,在一个朋友的生日聚会上,我听到了吕方的《朋友别哭》。那一刻,我完全被伤感而迷人的歌声吸引了,好像这首歌就是为我而写,这么多年我就是为等这首歌。很多时候,在风中、雨中或冷漠的都市街头,只要一听到"有没有一扇窗,能让你不绝望。看一看花花世界,原来像梦一场。有人哭有人笑,有人输有人老,到结局还不是一样。有没有一种爱,能让你不受伤。这些年堆积多少对你的知心话。什么酒醒不了,什么痛忘不掉,向前走就不可能回头望。朋友别哭,我依然是你心灵的归宿。朋友别哭,要相信自己的路。红尘中有太多茫然痴心的追逐,你的痛我也有感触。朋友别哭,我一直在你心灵最深处。朋友别哭,我陪你就不孤独。人海中,难得有几个真正的朋友,这份情,请你不要不在乎……"我就会对人生和朋友的含义有了更深的理解与认识,也更加珍惜朋友间无价的情义。这动听的歌曲代表了我真切的心声,这沧桑的旋律温暖了我寂寞的心扉,这深沉的律动装点了我生命四季的风景,让从容和友情留我心间。

每一次老友聚会,情浓心实的我总会把这首老歌唱给大家,仿佛是在述说我们今生的缘分。有时,我会激动得流下两行清泪。一天,在下班归家的路上,在十字路口等红灯,广播里突然播放了这首歌曲,我兴奋得立刻忘记了一天的疲惫和紧张,也跟着唱了起来。在漫漫人生路上,也许会有很多坎坷与失败让我们难过、悲伤甚至绝望,但总有一些令我们感动的人和事在激励我们不断追求,总有一些发自肺腑的老歌陪伴我们走过人生的雨季。一句感人的歌词"朋友别哭",让平凡的日子变得美丽而迷人。

自我鼓励

上小学的儿子特别爱好长跑,每年春季学校举办五公里越野赛,他总要报名参加,而且每一次他都能夺得第一名,老师和同学们都夸他身体素质好。我一直觉得很奇怪,孩子又瘦又小,咋能跑得那么快呢?

后来,市业余少年体校老师几次来家说孩子有体育特长,长大肯定会有发展的,应该让孩子转学去他们那里读书。我和妻担心孩子跑坏身体,没让他去,儿子有些不高兴。之后,学校又举办了一次越野赛,这回儿子又报名了,但没有夺得第一名。我和妻惊奇地问儿子:"这次为什么没有获得冠军哪?"儿子竟用手托着腮,撅着小嘴儿生气地说:"都怨你们,老说长跑能把人身体跑坏,闹得我心里总怕跑坏了,信心也不足了。其时,以前我跑得好,也并不是我有啥特长,主要是在长跑当中跑累的时候,我能够不断地给自己打气,进行自我鼓励,好让自己时刻有胜利的信心。"我听了后才真正明白,原来这些年儿子能跑第一不是因为有特长,而是他通过自我鼓励树立了信心,战胜了自我,最终获得了成功。这使我联想起自己十多年前从林区调入首府养成的一个习惯,就是不管刮风下雨每晚都坚持散步。这当中,有好多回觉得散步很累,不想坚持了,可我总是自我鼓励再坚持一下,结果一坚持就是二十五年。从儿子的身上和自己的经历中,我悟到了一个做人的道理:在漫长的人生道路上,我们不仅需要别人的鼓励,有时候更需要自我鼓励。

有本事就会有工作

屈指算来,从那家企业离职已经整整一个月了。

那天,曾和我一起工作的几个年轻人听说我要走了,都特别伤感地来送我。晚上的时候,几个人又都给我打电话,问候我、安慰我,怕我难过。那一刻,我心里特别快乐。我知道这些和自己孩子一般大的青年,为了生存,他们是轻易不敢离职的。我告诉他们:"在人生道路上,只要有本事就会有工作、有自由。"

一年来的求职经历使我深深地体会到啥叫实力。实力就是当别人选择我们的时候,我们也有勇气选择别人。现在,一些年轻人之所以找不到工作,不是社会就业岗位少,而是真正出类拔萃、有真本事的年轻人太少。一个人的才华,不是用年龄、文凭来衡量的。受到过高等教育不等于有真本事。现在,企业大都欢迎那些有文凭、有本事的职场中年人,主要看重的就是他们的经验和实际工作能力。所以,年轻人要想找到好工作,就必须刻苦努力,学到真本事。

快乐在路上

我的快乐永远在路上。

从我家到单位少说也有五六十里路。每当夜幕降临的时候,一个人开车行驶在回家的路上,听那美妙而温婉的乐曲,这是我一天中最快乐、最放松的时刻。公司刚搬到这边时,我因线路不熟,第一天6点半就起床,结果选错了路线,走了很多弯路,直到上班时才赶到单位。后来,选对了道路,每天不但省时,还获得了不少欢乐。

一个人的幸福快乐往往与道路选择有关。

现今,在我工作的这家大公司,有一位首席运营官,他原本是上海市某局机关的处长,曾是部队转业干部。20世纪90年代初期,为实现心中的梦想,他以壮士断腕的勇气,依然决然地辞掉了令人羡慕的好工作,来到了这家民营企业,帮助老板把这个原本很不起眼的小企业做成了拥有几十家全资控股子公司和4家上市公司的大型跨国企业集团。他功不可没,老板一家对他很是倚重,凡事必征求他的意见。他获得了崇高的地位和尊重,是因为他选择了一条符合自己的人生之路,找到了自己应有的位置。今年,已是62岁的他,每天工作十几个小时也不觉得累,晚上还要开2个小时的车才能回到家。但他执着的身影总是充满了青春的活力与朝气,尤其是他豪迈大气的精彩演讲总能令我激情澎湃,斗志昂扬。他说:"一天下来,自己最快乐的时光就是在归家的路上。"

我们企业的掌门人,今年刚满53岁。在年初集团的总结会上,他曾动情地说:"论财力我们已有上百亿,几辈子也花不完,完全可以不再这样受累干下去了,但为了大家,为了给社会创造更多的就业岗位,我也要继续干下去,这条路虽然走得很辛苦、很劳累,但我很快乐。"

男人的快乐永远在追求的路上。

那份淡淡的友谊

一份淡淡的友谊会让人获得持久的欢乐与轻松。

前几天,读到一篇叫《淡淡纯粹的友谊》的博文。写的是作者在异国他乡结识的几位中国同胞。她们是在学校接孩子时认识的,都是中国人,交流起来自然比较方便,时间一久就成了好朋友。她们虽不在一座城市,但经常打电话联系,谁有啥困难都心甘情愿去帮,从不带任何功利目的,一年总要小聚几次。这份淡淡纯粹的友谊伴随她们度过了初到异国时最艰难的一段时间。每次品读此文,我总会对友谊有一种新的理解与认识。

其实,友谊不一定总是大鱼大肉的才好,有时来点萝卜白菜清淡平实一些又何尝不好呢?友谊的颜色越浅越能看清对方,越容易感受人性的美好与纯真。

那一年夏天,我在北京上大学时,曾结识了《民族团结》杂志社的云昌编辑。他是云南人,说话办事讲义气、重感情,帮我发了不少文章。有时我从家给他带点土特产，他总要隆重地宴请一番，末了还要打车送上一程。和他相处，我学到了好多作文的方法，也学到了不少做人的道理。至今，我们认识整整二十二年了，他在北京，我在呼市，两人经常打电话、发短信畅叙友情，从无任何功利目的，我们好事一切分享，坏事一起分担。每年的除夕之夜，不论在哪儿，我们总要打电话互致新春的问候。去年，得知我退休，他怕我难过，特意从北京打来电话安慰我、鼓励我，让我在追求的路上寻找新的欢乐。我感动了很久、很久。这份淡淡的友谊一直在默默地温暖着我、激励着我，让我生命不息，奋斗不止。

自去年六月开通博客以来，我便开始了一种全新的友谊之旅。每一篇博文发表后总能得到很多朋友的鼓励和支持，有时节假日还能收到博友的问候与祝福。尽管大家隔着千山万水，从未谋面，但那真诚的话语、质朴的表达和毫无功利的赞美，一如那份淡淡的友谊，不知给平淡的生活添增了多少文学的清欢，荡涤了多少灵魂的尘埃啊！

活在复杂的当下，我们经常会听到拔出萝卜带出泥的故事，那些曾经风光无限的才子佳人们只因长期被物欲功利的友谊所浸染，才落个身败名裂的结局。一个伟大的民族在追寻梦想的征途上，既要以壮士断腕的勇气坚决铲除腐败与丑恶，还清风明月于世人，更要让那份淡淡纯粹的友谊像一泓清泉永远流淌在人们心间。

给友谊一点时间

那些日子,我在一家集体企业当工会主席,结识了许多和自己孩子一般大的小青年。因为大家是一起招聘去的,所以跟老员工相比,处起来比较容易。我们一起吃饭,一起工作,一起娱乐,处得跟一家人似的。他们的意气风发,他们的天真无邪,他们的青春梦想,如同阵阵清风,让我原本沉闷的心也变得无比青春起来。他们也特别尊重我,有啥不开心的事儿都愿意和我说。

那天,新来的办公室主任找我了解本部门员工情况。谈起他的副主任小郭,他十分生气,问我她有啥背景,是不是和老板有关系。我说人家是老员工,又是董事长的亲戚。本来你的位置应该是她的,可老板为避嫌用你了,人家也是很有本事的,早就是主任的人选了。可这小伙子不谙世故,工作爱较真,管理又粗暴,平时有点啥问题不是跟小郭较劲儿,就是和员工发脾气,搞得气氛很紧张。有一次,集团召开中层管理干部大会,几乎所有的人都到了,就缺他,老总非常着急,就叫小郭打电话找他。不一会,小郭说是自己工作失误忘记通知他了,这会儿他在路上正堵车呢,赶不到了;自己愿意接受处罚。董事长狠狠教训了她一顿。等开完会,办公室主任才回来,原来是自己去医院看朋友,记错了开会时间。主任得知是小郭替他承担了责任,很是惭愧,总想当面致歉过往的不是,但是始终没找到机会。不久,小郭辞职去了南方,再也没回来。他心里懊悔好久。一个月试用期满后,另几位被他训斥过的新员工也离职各奔东西了。最后,就留下我和他两个人。别人的祝贺并未让我有丝毫的得意与满足,却分明品到了人生的另一种况味。

那天午后,天下着蒙蒙细雨,公司的老员工大都回家过周末了,整个楼道显得特别清冷和寂寞。我俩依依不舍地送走那几位离职的新员工。回到屋里,看着那几个空桌椅,想起曾经一同走过的日子,一种莫名的怅惘笼罩在我的心头。他伤感的趴在桌子上哽咽着自言自语道:"如果给友谊一点时间,让大家变成朋友,那该多好啊!"

应聘事故

行走职场几十年,冷不丁退下来,实在是待不住。偶尔,去公司应聘,点点滴滴的经历给平淡的生活增添了几许谈资。

有一次,在网上见到一家大公司发布招聘启事,心里很激动。拿起电话问询一二,对方热情得很,让我下午去面试。我兴奋不已,先是独自对着镜子,来了个"战前动员"。接下来,刮胡子、洗头发、擦皮鞋、选衣服,搞得手忙脚乱。那心情,好像新媳妇见公婆一样紧张。一到公司,先来了个考试。接着,人力专员把我领到总助那里,开始面试。这位漂亮的女总助将公司情况做了简单介绍,再看看我的简历和作品,与我交流起来。面对美女,我是没咋客气,一顿神侃,把自己推销出去。对方当即表示"应该让你当总助",故带我去见老总。听说老总和几人正在开会,我和总助只好在外屋候着。这一等,即是一个下午。屋外大风呼啸,室内怨声载道,人聚得越来越多,几乎连坐的地儿也没了,且清一色全是来要账的,面试的就我一人。左等也不出来,右等也不出来,大家情绪很激动,有的干脆开始骂街了,搞得我进退两难。就在我去卫生间之际,只见一穿着白鞋的小伙子,手里拿着个破瓶子,一脚踹开门,拽着老板的脖子就吼:"老王,快把欠的钱给我,不然老子和你一起死!"等我回来,楼下已开始着火了,听说老板和小伙子正在楼道打架呢。不一会,有人高喊:"着火了,快往楼顶上跑啊!"我也大声喊:"不要慌,不要慌,赶快往楼顶上跑。"这功夫,老板跑过来了,一条裤腿已烧掉半截,满脸黑灰,气喘吁吁地说:"不好了,那小子放火了……"我和另一个来要账的女孩赶紧拨打119报警。楼里浓烟滚滚,呛得人喘不过气,女孩们哭成一团,员工纷纷逃命,老板的老婆拿着一根粗大的黄金项链领衔哭喊:"消防队、消防队,快来救火,这里快烧死人了,人死了要钱还有什么用啊!"那天,一直到消防队来她才不哭。

经历了这次"应聘事故",每每想起大家站在楼顶孤立无助的样子,我便长时间地想:钱是什么东西?钱有多少才够花啊?一个人要挣钱,还要花钱;要创造生活,更要享受生活。

朋友,奋斗的路上,学会珍重。

有点浪漫

人活得现实,谁也不能说错。但如果整天沉浸在柴米油盐酱醋茶或"房奴"、"车奴"和"孩奴"之中,那么生命原本快乐的真谛也就无法领悟。人生也就不再是生活,而是活着。

远的不说,单说身边的小青年,大学毕业才不到两年,既没有成家,也未立业,便心急火燎地张罗着买房,到处动员亲朋好友借钱。交完首付,买了房,便一门心思踏上了还债的痛苦旅程。刚刚二十出头的小伙子,每天除了为事业打拼外,至少还得上网、唱歌、打球、交友吧,应该享受生活的乐趣。可现在为买房背上了沉重的债务,一脸的愁苦,起早贪黑,加班加点,早已没了一丝的生活乐趣。为了那份薪水,还不敢请假、不敢有病、不敢发脾气,生怕丢了这份差事。以前喜欢外出旅游,现在也不敢去了,甚至连请客也少了。一切开销都实行计划经济,处处都得精打细算。生活的全部意义就在于还债。

有一位同事,刚上班那会儿很是浪漫,动不动就给女友买红玫瑰。两人还常去大学跳舞,好不快乐!大家都很羡慕。可自打买房以后,连孩子也没敢要,一心想还完债后再要小孩。虽刚过而立之年,可人却熬得跟老头儿似的,再也没了跳舞的雅兴。姐夫的小弟原是大学里的学生会主席,多才多艺,琴棋书画无所不能,见面经常会讲几句拽词。前几年,为了挣钱换大房,从单位辞职后,远赴他乡打工,一年到头就春节才能回家一趟。去年回家聚餐,看到当年风流倜傥、文绉绉的他,竟变得如流浪民工一般,我感慨万千,默默无语。活在当下,真的很难。如果是生活所迫,那情有可原,可一味地去追逐物欲的满足,那失去的不仅是青春的笑脸,还有美好的生活。

据说,在俄罗斯不管家里穷富,每户都要有个车,在郊外盖个小别墅。有钱的盖得好一些,钱少的就盖得差一点,简单的小木屋也可以。每到周末,一家人都要到郊外度过一个欢乐浪漫的夜晚。这种既注重创造生活,又善于享受生活的习惯,很值得学习。浪漫对国人来说,其实也并不陌生。古时屈原、孔子、庄子和李白等先哲的身上就闪烁着浪漫主义情怀。尤其是孔子赞成曾皙的人生观:"暮春者,春服既成,冠者五六人,童子六七人,浴乎沂,风乎舞雩,咏而归。"简直就是中国人浪漫思想的真情告白。

现今,物质上的贫穷并不可怕,可怕的是精神上的贫穷。浪漫不是男女关系的暧昧,而是对生命的一种生动诠释,是一份美好而乐观的心态,是超越任何功利的人生品位。一个人在繁忙中能有点浪漫情怀陪伴左右,就会放松疲惫的身心,时刻让欢乐拥抱自己,更加从容而淡定地面对一切。

守住欲望的闸门

欲望是人类社会发展进步的不竭动力。

欲望可以使人走向辉煌和成功,也可以使人走向毁灭。据有关部门统计,党的十八大以来落马的省部级高官有几十人。其中,有不少人是中央委员。这些人从政界精英到人民罪人的蜕变过程,有体制机制的原因,但主要还是因为他们没有守住欲望的闸门,任由个人欲望的洪水恣意泛滥,最终毁了自己,也害了社会。

每个人都有七情六欲,如权欲、物欲、色欲、贪欲等。关键看自己怎么把控。如果能发挥欲望积极向上的一面,对事业的发展会大有益处。像网球世界冠军李娜,为祖国赢得了那么多世界冠军的荣誉,如果没有强烈的成功欲望,她能战胜失败,走向成功吗?当年华西村支书吴仁宝如果没有带领村民脱贫致富的强烈欲望,又怎么造就经济发达、闻名全国的华西村呢?所以有欲望是好事,但一定要搞清楚,人到底为什么活、应该怎样活。这些立身做人的基本问题如果解决不好,即便是当了高官,对国家、对社会亦毫无益处。一些人从普通工人成为省部级高官,大都是凭着真才实学从基层一步一步干上来的,要奋斗几十年才能成功。他们没有权倾一方时往往小心翼翼,一旦大权在握便不可一世,不再坚守欲望的闸门。把权、钱、色当成了人生的追求。凡事认钱,不认人,把人们给予的权力当成谋利的工具。贪污受贿几千万,甚至上亿,包养情妇几十个,胆大妄为,目无党纪国法,背弃了做人的基本准则。鬼知道他们弄那么多钱、那么多房子干吗,几代人都用不完。多行不义必自毙。到头来栽了跟头,身败名裂。不是你的要拿出来,是你的也不给你了。落个人财两空,家破人亡,这又何苦?私欲的恶性膨胀使他们的人生观和价值观发生了严重扭曲,这才是造成他们悲惨人生结局的根源。

欲望愈多,欢乐愈少。欲望愈少,欢乐愈多。

做情绪的主人

一个人能够有效驾驭情绪,时刻保持健康快乐的好心态,对事业成功和家庭幸福至关重要。

著名社会学家李银河曾指出人的情绪主要有三种:第一类是正面情绪,表现在快乐、超脱、开悟上。第二类是负面情绪,表现在愤怒、委屈、痛苦上。第三类是中性情绪,主要是表现在平静状态上。这三种情绪在人群中普遍存在,并在人生的各个时期都会出现。平时,我们经常看到一些企业家或名人,总是精神抖擞,斗志昂扬,好像他们的情绪总是那么好,实际上他们都是善于驾驭和管理情绪的高手。否则,每天尽是负面情绪,他们就不可能有心情干事创业。

情绪的健康是心理健康的重要标志。在日常工作生活中,人们往往因不了解自身情绪变化的规律,经常会被一些负面情绪所左右,调节不好会影响事业成功。人的情绪变化一般来说与下列因素有关：一是与性格有关。有的人性格外向、开朗豪放、喜爱交际,乐观向上的正面情绪占主导。有的人性格内向孤僻、沉默寡言、不爱交流且敏感多疑,多愁善感、患得患失、痛苦忧愁、怨天尤人的负面情绪占主导,看啥都不顺心,觉得自己是世界上最不幸的人。有的人性格平稳,遇事不温不火、不紧不慢,每天处在平静状态,看得开、放得下。二是与环境有关。一方面,人的成长与家庭和社会环境有关,在温馨和睦、充满幸福的家庭环境中成长起来的人,心智健全、情绪乐观,而在父母离异或发生重大不幸的家庭环境中成长的人,悲观失望的负面情绪就多,活得也很痛苦。另一方面,自然环境变化也影响人的情绪。阳光灿烂的日子,人的情绪就快乐,而阴天下雨的时候,人的情绪就烦闷。人的情绪会随着季节和天气变化而变化。三是与身体疾病有关。林黛玉多愁善感的情绪变化,不仅与其成长背景和性格有关,而且与其体弱多病有关。长期以来,人们往往容易忽视这一点。现实中一些人的负面情绪往往与自身遭受的病痛折磨有关。特别是久病不愈,反复发作,使人的内心变得比较脆弱,性格变得更加烦躁敏感,爱发脾气,看啥都是毛病,看不到生命阳光、美好的一面。一个人负面情绪越多,快乐就越少;负面情绪越少,快乐就越多。长期存在负面情绪,既影响身心健康,又阻碍事业发展。

学无止境。无论年龄大小,每个人在漫长的生命旅程中都应自觉地了解情绪变化规律,学会驾驭和管理好情绪,绝不能做情绪的奴隶,让悲观、失望、痛苦的情绪影响生命质量。只要善于做情绪的主人,适时进行自我调节,不断释放压力与烦恼,时刻保持乐观向上的情绪,无论多么平淡的日子都会充满无限希望。

管住自己

许多年前，还在我上军校的时候，有一位年过半百的老教授叫朱文友，毕业于北京政法学院，也就是现在的中国政法大学。他是高才生，水平自然没的说，人又长一副慈祥的面孔，说起话来，慢条斯理，很有亲和力，能把单调枯燥的法律课讲得津津有味，妙趣横生，大家都爱听他的课。几年下来，给我们讲课的人很多，但真正留下深刻印象的还是他。尤其是他曾讲过的一句话至今让我记忆犹新。他说："人要管住自己，很不容易，特别是在没有人的时候更要管住自己。"这看似很平常的一句话，不知包含了多少做人的道理，让我在几十年的职场打拼中受益多多：让我懂得了反省自己，经常检点自己的思想与行为，时刻让灵魂接受良知的荡涤。

能管住别人是一种能力，能管住自己则是一种德行。德是修来的，而不是练成的。尤其在无人之处，一个人的修为往往决定着自我控制力。

有一次,我出差路过一个朋友所在的口岸城市,当时正是边贸生意最红火的时候,只要稍有点儿本事都能赚得盆满钵满,人们被眼前的繁荣给搞晕了。我看到朋友跃跃欲试,有点按捺不住了,也想大干一番。一天晚上,我特地跑到他值班的地方劝他说:"你的工作远离机关,独立性大,手中还有一定的权力,会成为一些人拉拢、腐蚀的对象,没有人管你,你可一定要管住自己啊!"他说:"没事的,我能把握好。"其实,人犯错误,也并非是自己都能把握得了的。有的时候,你平时要求再严格,再原则性强,突然面对那么多金钱的诱惑和别人的蛊惑,一时冲动,铤而走险,做出错误选择,也是很有可能的,特别是在没有人看到的时候更难。也就是在那天晚上,朋友因涉嫌一起走私案而栽了跟头。原本发展很好的仕途就这样给毁了,他追悔莫及,痛苦一生。我很是为他惋惜。

仔细想想,朱教授的话具有多么重要的警示作用啊!他不仅教我们做事的本领,还教我们做人的准则。人管住别人并不难,难的是管住自己。管住自己一天容易,管住一辈子却不容易。要想时时刻刻都能管住自己,就必须树立正确的世界观和人生观,让信仰的旗帜永不褪色,不为迷途遮望眼,不为名利所诱惑,始终做一个光明正大的人。

旧城北门

没有旧城北门便没有呼和浩特。

记得孩子考上一中那年，我们由新城搬到旧城北门附近居住。按照当地人的观念，新城的人一般不愿到旧城居住，觉得旧城破旧落后，不像新城高楼林立，富有现代气息。我们搬到这里主要是因为孩子上学和妻上班都很近，出行购物很方便。不远处还有大召旅游景区、繁华的中山西路商业街和绿树成荫的植物园。另一个原因是我喜欢这里的文化底蕴和人性的本真。一中是内蒙古自治区重点示范高中。以往孩子考上一中家长们都会在北门附近租房陪读。孩子考完学再搬走。那年，我们也是来租房的，但看到金融危机后房价降到了最低谷就出手买了学区房。哪里心安便是家。如今，孩子已经大学毕业。我们在这里居住已整整4年，不仅习惯了市中心车水马龙的喧嚣，还深入了解了北门的历史。

北门始建于1575年（明神宗万历三年），是由蒙古族著名政治家、军事家阿拉坦汗和他的夫人三娘子建造归化城时建设的。1924年，绥远都统马福祥下令拆除城市南门、东门和西门，唯有北门被保留下来。旧城北门坐落于现在呼市旧城瑞福祥商场门前，面阔5间，通宽约30多米，进深3间，楼连台通高约38米。其间，虽几经修葺，但基本保留了仿元大都的造型特点。以北门为起点，所贯通的大北街、大南街、小南街以及通往南郊的大道，是整个旧城的一条中轴线，也是当时归化城的商业中心，如同北京王府井那样红火热闹。周围有著名的百年老店麦香村、首饰店宝华楼、鞋帽店德华兴、绸缎店恒聚兴、清真糕点名号兴隆元以及远近闻名的西北大旅社、清真大寺和塞上老街等等。旅蒙商贾常来此洽谈生意。北门成为当时政治、经济、文化的中心。

1958年，经历了378年风雨沧桑的北门，因为种种原因被拆除了。周围市民很是难过。但是，北门这个名称一直沿用至今。直到20世纪70年代，市区公交车的起止点都设置在北门。北门不仅见证了历史文化名城呼和浩特几百年的沧桑与辉煌，而且成了呼和浩特的城市符号和标志性建筑。而今，每每谈起呼市的建城史，人们总要提到旧城北门。

北门，已成为人们心中永远的记忆。

每一个繁星点点的深夜，透过大大召寺那沾满历史陈迹的红砖碧瓦，独自静静地聆听着北门上空那无限悠长的历史回声，我仿佛看到了一座城市的希望曙光。

红尘柔情数排箫

当都市饮食男女千方百计都在为自己减压,找寻情感深处的快乐密码之时,有一种无人知晓的民族乐器如同一股暖流悄然流进了人们干枯的心田,这就是"杜氏排箫"。

说起排箫可能多数人会很陌生。

排箫是我国古老的编管乐器,形制美观,富有民族风格。同编钟、编磬一样,是非常受欢迎的乐器。排箫是把长短不等的竹管按长短顺序排成一列,用绳子、竹篾片编起来或用木框镶起来。如果竹管长短一致,则在管中采取堵腊而得到高低有别的乐音。故排箫有无底、封底两种,分别叫作洞箫和底箫。盛唐时东传日本。排箫有数十个吹管,音区丰富,有难以状写的立体性;同时,它的音质缠绵多情,有那种"九曲十八湾"的幽密与长远,对演奏家的技术要求很高。目前,世界上最具权威的演奏家是罗马尼亚的"排箫王子"赞费尔先生,以《云雀》为代表的一大批排箫作品,使他成为公认的排箫领袖。排箫世界名曲有《叶塞尼亚》、《孤独的牧羊人》、《老鹰之歌》、《人鬼情未了》、《阿根廷》等。

如今,广受好评的"杜氏排箫"是由毕业于上海音乐学院的我国著名排箫演奏家、素有亚洲"排箫王子"美誉的杜聪亲自改造而成的。杜聪是在出访欧洲时目睹赞费尔的风采,他暗暗发誓:中国也要有自己的排箫,要有改良的、具有中国特色的排箫。他绞尽脑汁设计排箫,与专业乐器厂的老师傅共同研究,吸收借鉴国外经验,结合国人欣赏习惯,终于造出了今天的"杜氏排箫"。"杜氏排箫"有二十八根吹管。

杜聪演奏的排箫如同悱恻缠绵的宋词名句,将人类情感深处那种无以言表的销魂之美表现得淋漓尽致。尤其是夜深人静之时,经过一天的辛苦工作后,人们迫切需要一种精神上的慰藉来舒展疲惫的身心。这时如果独坐书房,静听一首杜氏浪漫排箫曲,无论是《运河》的轻柔,还是《星》的曼妙,此刻绝非仅是一种深雅唯美的情调,而是一种"采菊东篱下,悠然见南山"的洒脱。尤其是《月光小夜曲》和《独上西楼》两首经典曲子所表现出的那种酷似李商隐诗句深情绵邈的艺术灵光,真是陶醉,百听不厌。那动人的旋律,那唯美的氛围,那空灵的意境,一如远古飘来的阵阵清风驱散了尘世种种烦忧,让你进入到无限飘逸浪漫的审美境界之中。每一次看到杜聪如痴如醉、潇洒自如的排箫演奏,倾听那舒缓、缠绵的悠扬曲调,我就会想,如今,能够精准诠释都市人情感的乐器恐怕唯有"杜氏排箫"了。

摇出灵魂的高度

伟大的时代呼唤伟大的灵魂。

尽管这个时代有很多让我们失望的地方,但有一个声音足以让我们脆弱的心灵变得坚强。曾几何时,聆听汪峰的摇滚乐如同走在奋进的征途上沐浴着希望的曙光,无形中增添了向上的力量与激情。

我对摇滚音乐并不了解,但在汪峰的歌声中却分明感受到了摇滚的强大生命力。摇滚是一种音乐类型,最初起源于 20 世纪 40 年代末期的美国,20 世纪 50 年代初期开始流行并迅速风靡全球。摇滚音乐以其灵活大胆的表现形式和富有激情的音乐节奏表达情感,受到全世界年轻人的喜爱。摇滚音乐是一种音乐形态,也是一种人生哲学,更是激情澎湃的理性张扬。一首成功的摇滚音乐,无不体现着灵魂的高度和思想的魅力。摇滚绝不仅是大喊大叫,而是灵魂与作品的完美融合,透过残酷现实的真实写照,散发着蓬勃的朝气与活力。

比如,汪峰在《在春天里》中唱道:"记得许多年前的春天,那时的我还没有剪去长发,没有信用卡没有她,没有24小时热水的家,可当初的我是那么快乐,虽然只有一把破吉他,在街上在桥下在田野中,唱着那无人问津的歌谣。如果有一天我老无所依,请把我留在时光里,如果有一天我悄然离去,请把我埋在春天里。"这样的表达很接地气,极易产生共鸣,既生动展现了现实生活的艰辛与贫困,又表现了歌者勇敢面对现实,始终保持乐观主义和浪漫主义精神的人生价值观,教化人们敢于面对、乐观向上,最大限度地彰显了人性积极的一面。

类似这样的歌还有很多,如《飞得更高》中的:"生命就像一条大河,时而宁静时而疯狂,现实就像一把枷锁,把我捆制无法挣脱,这迷样的生活锋利如刀,一次次将我重伤,我知道我要的那种幸福,就在那片更高的天空,我要飞得更高,飞得更高。"每一句都抒发了歌者超越平凡、追求卓越的生命激情,体现了冲破传统世俗束缚向往更高人生境界的大情怀、大格局。

再如,《怒放的生命》更加直接表达:"曾经多少次跌倒在路上,曾经多少次折断过翅膀,如今我已不再感到彷徨,我想超越平凡的生活……我想要怒放的生命,就像飞翔在辽阔的天空,就像穿越无边的旷野,拥有挣脱一切的力量。"这首歌以其慷慨激昂的旋律和高亢震撼的声音,不仅唱出了人性的豪迈与大气,而且还集中体现了自强不息、勇争一流的必胜信念和无限热情。面对靡靡之音,这首摇滚乐真正摇出了灵魂的高度,摇出了我们共同的心声,产生了强烈的思想与情感的共鸣,特别是在体育场万人齐吼"我想要怒放的生命",那壮观而激动的场景,那悲壮而雄浑的气势,让无数鲜活的生命变得异常坚强与崇高。

而今,我不知道还会遇到多少困难和挫折,也不晓得通向辉煌的旅程还有多长,但无论身在何方,也不管境遇如何,只要一听到这首歌,我总会斗志昂扬,义无反顾。一个伟大的时代永远离不开伟大灵魂的呐喊。尤其是面对日渐浮华的世相,我们比任何时候都迫切需要用汪峰这样强悍而狂放的声音,来唤起全民族对实现伟大中国梦的美好憧憬。

论就业

据说，今年是史上就业最难的一年。原因是大学毕业生比去年多19万人。媒体在报道政府采取措施缓解就业压力的同时，把本来很正常的问题竟渲染得神乎其神，好像真的找不上工作了。毕业生增多是就业难的一个原因，但绝不是全部。就业是社会问题，也是个人问题。说到底，是人的能力素质问题。有本事就会有工作。能力素质不行，在任何时候找工作都很难。

一个人走上社会所面临的首要问题就是就业。没有就业，就没有发展。只有解决来了衣食住行，人才有能力去实现人生价值。而解决就业，过上幸福生活，除了要靠政府帮扶和企业支持以外，最根本的还是要依靠个人的主观努力，凭借过硬的素质与才能，提高竞争力，适应市场竞争需要。诚然，谁也不能否认，当今中国，有些人的成功确实靠的是父母和亲友的背景及社会资源，在一些领域和部门老子英雄儿好汉的现象也是存在的。但这些现象，无论在哪个时代、哪个国家都是存在的,只不过表现情形不同罢了。但他们毕竟不是社会发展的主流。

无数生动的事例告诉人们,有背景的毕竟是少数,多数人还是靠自己的艰苦打拼。仅从近年落马的省部级高官来看,他们贪污腐败的罪行确实令人愤慨,应该重判,但他们能从普通职员当上省部级高官,相当一些人也是靠自己一步步的奋斗才上来的。现在,虽然社会某些方面存在着严重不公,但通向成功的道路却有多种,条条大路通罗马,不能一棵树上吊死人。考不上公务员就当工人,创业不成就打工,三百六十行,行行出状元。只要你脚踏实地,不懈追求,咬定一个目标不放松,全力以赴,成功就在眼前。而自己站在一旁,看社会这也不顺眼,那也不公平,整天牢骚满腹、怨天尤人,不去提高自己,到头来苦的还是自己。试想,一个连饭碗都解决不了的人,还有何能力推动社会变革?我们没有能力改变身边的一切,但完全可以改变自己。所以,每一个有志青年面对竞争和挑战,要想顺利实现自己的人生梦想,干一番轰轰烈烈的事业,就必须先解决就业问题。

论军人血性之大美

军人为战争而生,没有血性就不配做军人。

中国美学的雄浑阳刚之美,对于军人来说即是血性之大美。古往今来,军队历来是国之长城,没有强大的军队就没有国之安全。没有国之安全就没有民之幸福。军人血性既是一往无前、视死如归的战斗精神,也是精忠报国、敢于亮剑、勇于牺牲和敢于奉献的代名词。狭路相逢勇者胜。一个军人没有血性就无法面对抽刀见血的战斗场面,一支军队没有血性就永远打不了胜仗。

一个国家和民族的威严是打出来的,而不是骂出来的。

如果没有抗美援朝那场人类史上最惨烈的战争,如果没有18万"最可爱的人"长眠在异国他乡,就不可能打败以美国为首的西方列强,为中国赢来几十年和平环境。在武器装备极其落后的情况下能取得胜利,靠的就是强大的战斗精神。志愿军用好男儿的血性和斗志,打出了一个民族的威严和希望,赢得了对手的尊重和敬畏。

尽管岁月湮没了许多往事,但当年上甘岭战役的指挥者、原十五集团军军长秦基伟将军抬着棺材上阵地的血性誓言至今让我们感佩不已。谁能想到,就在那个仅有3.7平方公里的弹丸之地,敌我双方竟投入了10万大军,足足鏖战了43天,我军打退了敌人900多次冲锋,我军伤亡人数11529人,而敌军则伤亡25498人,让上甘岭成为美军永远的"伤心地"。在著名的松骨峰阻击战中,有的连打到最后仅剩下几个人了。子弹打光了,飞机掷下的汽油弹把战士们的身上烧着了火,面对蜂拥而上的敌人,他们没有后退半步,而是把枪一摔,带着身上呼呼燃烧的火苗,向敌人猛扑过去,把敌人死死抱住,用身上的火也要把占领阵地的敌人烧死,甚至和敌人烧在一起、死在一起。黄继光、邱少云那一幕幕壮怀激烈的感人场景,充分彰显了中国军人崇高的血性之大美。他们的血性就是中华民族的霸气与豪迈,他们的血性就是世界和平的希望所在,他们的血性就是撼动山河的人间大爱。他们为民族书写的无上荣光宛如一座不朽的丰碑早已深深地矗立在国人的心中。今天,抗美援朝中中国军人的血性经典案例,已被写进美国军事院校的教科书。面对浮躁不安的时代,我们是否也应该从中悟出一些东西呢?

人总是要有一点精神的。

无论武器多么先进,最终战斗力的核心还是人。不管是1998年抗洪,还是汶川大地震,哪哪里有危险哪里就有军人。他们一不怕死、二不怕苦的战斗精神就是当代中国军人的血性。然而,这些年来受不良思想和价值观的影响,一些人的血性丢掉了,腐败猖獗甚至到了欲壑难填的地步,严重损害我军的建设和发展。徐才厚、谷俊山之流,既是军人的奇耻大辱,又是军队的无限悲哀。他们的破坏和影响,绝非仅限在金钱和物质层面,而是整整伤害了一代优秀军人的爱国情感,损害了人民军队主流价值观,让那些为共和国付出生命的军魂无法安妥。值得欣慰的是,面对腐败潮流,刘源将军拍案而起发出了血性反腐誓言:"把贪官污吏牢牢钉在耻辱柱上!"正是因为他以大无畏的军人血性,冒着危险,多次举报才使谷俊山和徐才厚贪腐案得到及时处理。一个个腐败分子的落马让军队有了新的希望。抚今追昔,现在比任何时候都需要那些为民族独立解放而发出的振聋发聩的血性誓言啊!

"第三次长沙会战,关系国家存亡。岳抱必死决心、必胜信念。"

今晚,在我即将结束这篇深沉而凝重的文字,一个人独处书房,静静地享受这份难得的安逸之时,我的耳边突然想起了抗日名将薛岳将军这气壮山河的血性誓言。几十年了,一想起这句话我就热血沸腾,斗志昂扬。此生,如国家和民族危难之需要,我当重回军营,用军人的血性为国再战疆场,直至生命最后一刻。

论本分与本事

写文章即是有话要说。

"善有善报,恶有恶报。不是不报,时候未到。"近日来,某些不可一世的"大人物"接连落马,看似偶然,实为必然。违反党纪国法自有定论,只是怎么做人常被忽视。其实,做官就是做人。无论是过去还是当下,做人总离不开本分和本事。

本分,亦作本份,通常字面理解为本身分内的、本人的身份地位、安分守己等。其中,本为根,分是德,守本分即是守住道德的根本。而本事,则指个人或集体完成工作的能力,也称本领。一个人既要有本事还要干好事。特别是那些身居高位的人,本事越大,如果干好事,对社会的贡献就越大,像开国领袖毛泽东就是个有大本事的人,他为中华民族崛起而奋斗终生,建立了不朽的历史功勋,深受亿万群众拥戴。如果干坏事,本事越大,对社会的危害则越大,如林彪、"四人帮"之流虽本事很大,但未守住本分,祸国殃民,阴谋篡党夺权,最终受到正义的审判。一个人的奋斗最终成功可能只属于一个人,而一个人的犯罪结果倒霉的却不止一个人。某些腐败分子个人栽了跟头,还把身边的秘书、亲属朋友等全都搭进去,一查就是一大片,涉及人数成百上千。无数个家庭的幸福生活从此断送,这不仅是个人的悲哀,而且是整个社会的悲哀!那些高官落马所带来的多米诺骨牌效应就充分说明了这一点。一个人若从最基层一步一步地干到省部级或国家领导人的位置,得需要几十年的艰辛奋斗才能实现。今天的成功来之不易,应该像珍惜自己的眼睛一样备加珍惜。一个人不管是在底层干小事,还是在高层做大官,都要时刻警醒自己,牢记职责使命,安分守己,干好分内的事。特别是面对金钱女色的种种诱惑,一定要头脑清醒,把握好底线分寸,坚决守住道德的根本。否则,必会遗臭万年,成为历史的罪人。

一个人既要有本事,还要守本分。

论镜头与人头

在基层工作时,经常看到一些人不管会不会摄影都有一台万把块钱的照相机,让我很是奇怪。后来,发现这些人的雅兴不在于拍了多少好照片,而是为了装点自己,就像暴发户买一张大学文凭一样自豪。有一次,某人把自己拍的照片让我看,我很失望。其中,有一张他觉得很得意,拍的是一座山头上的一根竖立着的石头,他调侃说这是男性的命根子。我佩服得无语了。还有一回,陪同京城的一位朋友到林区旅游,他扛着5万多块的大相机,一身户外装扮,颇有大家风范。这哥们从一进景区到离开,基本上是"咔嚓、咔嚓"见啥拍啥,随性而为。拍好照片不仅要靠相机和技术,而且还要靠个人正确的审美观和扎实的文化艺术修养。

一幅好的摄影作品,往往是作者综合素质的集中体现。包括思想水平、审美能力、文学知识、绘画艺术、诗词音乐、色彩学等等。正如著名美学家李泽厚先生说讲的:"事物的审美并不取决于事物的本身,而是取决于被欣赏者的所处的社会关系。"人们处在不同的社会阶层对同一事物的审美评价结论肯定是不同的。

搞好摄影,首先,要提高思想水平。思想水平是一个人分析判断事物是否有审美价值的关键,也是发现和概括生活本质,提炼摄影主题思想的必然要求。我们每天都会遇到很多景物,但不是所有的东西都具有审美价值,都能给人带来美的感觉。摄影中必须认真加以提炼选择,抓住最能反映事物本质特征的景物拍摄,绝不能见啥拍啥,没有选择。而要达到这一点就必须提高自身的思想水平,增强认识问题、分析问题的能力。其次,要提高综合素质。不仅要认真学习摄影知识,还要下功夫学习文学知识、美学知识、绘画知识、音乐知识、色彩学知识及光学知识。这样拍出的照片才能有审美层次。再次,要选好表现角度。一张好的照片一定要有好的表现角度。当年散文《挥手之间》作者选取的是毛泽东主席在延安赴重庆国共谈判登飞机旋梯时向人们挥手的瞬间镜头,多么富有典型意义,让人们一下记住了历史的瞬间。如果换一种角度表现,效果就不一定好。同样拍风景,角度不同,意义就不同,审美价值更不同。现在,网上的照片很多,风景也很美,但就是缺乏好的表现角度,使作品的深度不够,看到的景没有思想、没有情感,更没有层次。而且缺乏构图常识,不懂得中国绘画的空白艺术和素描手法,整个照片画面显得很满、很乱,重点不突出,主题不明确,人的内心世界和自然景物没有融为一体,无法引起受众思想与情感的共鸣。

说到底,拍照片就是拍自己,自己水平有多高,照片就有多高水平;自己有什么品位,照片就有什么品位。摄影是技术,更是艺术。

搞摄影镜头重要,人头更重要啊!

论开店

搞文学创作需要天分,开店做买卖也得有天分。不信,你就瞧瞧,周围开店的人,有的开得风生水起,红红火火,大把大把地赚;而有的开得半死不活,亏得一塌糊涂。做买卖看似简单,却不是谁都能干的。

前一段时间,小区东边的河道修好了,周围除了绿化搞得挺好,别的就没啥景观,岸边过往的人也不多。这时,一家大众化的水岸酒家粉墨登场了。每晚,只看见灯光闪烁,就是不见食客人影。经了解,原来这家饭馆主营的是本地大众烩菜,附近的老百姓又都是坐地户,谁家都会做。远处的人跑这么远吃顿本地烩菜又划不来,所以自然就没人光顾。结果,这家饭店不到两个月就关门了。

实际上,在偏僻的地儿开店,就得开出个性特点,不能搞大众化。比如,开个北京烤鸭店,即便是远一点,也会有人来。因为它玩的是特色饮食文化。而在繁华的商业街,比如,北京的王府井或前门大栅栏,要搞个大众化的快餐店,就会有销路。因为南来北往的人很多,开店也要讲究区位优势。同时,还得算成本。有的在大街上摆摊卖水果,赚得不少。可你非要租个大门脸卖水果,最后除了房租,还能赚什么?去年,有位小姑娘在小区门脸房开婴幼儿服饰店,开了一年不到就关门了。原因是这里距繁华商业街很近,离大众化的儿童服饰批发市场也不远,开服饰店根本没人买。而开个副食品店,卖些大众化的日用品尚可,大家都能用得着。所以开店得看看有没有买主,也就是先进行产品定位。再有,开了店,也得会经营。会经营就得立大志,挣回头客的钱,不能坑蒙拐骗,搞一锤买卖。

前几天,到附近的焙子店买早点。头几次我都站在一旁看着新出锅的焙子再买,很好吃。后来我到那就买,拿回去却不一样儿了,原来是头一天的旧焙子。店主真不厚道,气得我再也不去了。而不远处的一家快餐店就不一样,不仅服务态度好,而且卖的食品价廉物美,很有特色,谁都愿意买,整天顾客爆满,还开了十几家连锁店。做买卖,其实就是做人。做人就得有特点,独特方能出众,而且还要厚道本分,处处讲诚信。偌大的中国拥有五千年的悠久文明史,竟搞不出几个叫得响的国际名牌来,不是技术有差距,如果是,那"神舟十号"怎么能上天呢?是一些经营者做人有差距。店开得好,不是买卖做得好,而是人做得好。

论格局

没有宽阔的胸襟永远也讲不出大格局的话。

格局即是空间。人的格局,就是人生的空间,是一种定力,更是磅礴大气之象。格局的大小往往会决定事业的成败。一个人有没有格局或格局有多大,是要通过具体的说话办事来体现的。有大格局的人必然会有海纳百川的宽阔胸襟和高瞻远瞩的战略目光,无论是做决策、搞规划,还是做报告、写文章,处处都能够彰显出大气和自信的人生态度,挥手之间常给人以远大而深邃的恢宏之气,能吸引人去为之所描绘的理想而奋斗。如一代伟人毛泽东,他在红军长征中那么艰难困苦的环境下带领红军突破蒋介石的重重包围,将中国革命引向胜利的坦途,能吸引周恩来、朱德等大批顶尖人才的追随与辅佐,靠的就是他那"俱往矣,数风流人物,还看今朝"的大格局,靠的就是他那宽阔的政治胸襟和出众的才华。实践证明,当时的毛蒋之争,不仅是政权之争,而且也是格局的较量。

一个人思想有多远,事业就会走多远;格局有多大,事业就能做多大。前一阵子,我到过几家企业应聘,感受颇深。其中有一位董事长50多岁,南方人,过去的从业经历与我相同,很想聘我,帮他做点事。可他看到我过去的职务比他高,在面试时既没有介绍企业未来的美好前景,也未谈薪酬的事儿,拐弯抹角反复给我讲要调整好心态,实际就是让"装孙子",生怕我不听他的。他还邀我去企业看看,再谈应聘的事,我当下一口回绝了。其实这些事情根本不用说,谁不懂呢,想应聘肯定就会放下,与这样格局的人合作怎能长久?

有一位年轻的总裁,也是职业经理人,凡是招聘来的人,他都会跟人家讲:"你是我招聘来的,你的饭碗掌握在我手里,别人都说你好,我说你不好,你也不行。"结果一起合作了不到两个月,他费力招来的几位优秀的职业经理人全都离职了,董事长很是生气。企业招不到合适的人才,原因很多。但老板格局太小,胸襟不宽阔,斤斤计较,没有容人让人的雅量,或者没有远大的理想和坚韧不拔的信念追求,自身缺乏成就伟业的感召力和吸引力,这是很重要的因素。为什么海尔、联想、万科、华为做得那么好?是因为企业家特别是创始人都是有大格局、大境界的顶尖人才。他们都有容纳一流人才的心胸和气度,都有为人生梦想而不懈奋斗的崇高献身精神。所以,要成大事,必须有大格局。

论情怀

情怀既是一种心境,又是人性的写照。

人在不同的年龄段、不同的境遇下会拥有不同的情怀。或高尚,或快乐,或悲哀,或愤怒,人只要活着,情怀就像一个微小的摄像头,无时不在清晰地记录着生命复杂的过往和多面难测的人性。

记得儿子小的时候,每当我们走过繁华的街头,看到趴在地上的残疾人双手抱拳向行人痛苦乞讨的样子,我总要掏出些零钱让孩子给他们,无论多少总要这么做。有时,我们忘记了,孩子看到路边乞讨的老人,就会追着我们说:"爸、妈,给钱、给钱。"每次看到儿子用瘦弱的小手把一块钱放到老人的跟前,转过身满足的样子,我和妻很是欣慰。我知道,自己不可能给孩子童年带来更多的物质享受,但却可以给孩子一份爱的情怀,让他幼小的心灵时刻沐浴着爱的阳光,懂得用爱心温暖他人。

那时,我们刚搬到首府,人地生疏,举目无亲,在郊区租了间平房住。我和妻工作又很忙,孩子年龄小,上幼儿园人家不收,只好由房东张嫂来照看。在那样艰窘的岁月中,我们与房东张哥张嫂处得跟亲人似的,儿子亲切地称呼他们为大爷、大娘。我们搬进市区楼房以后,有一段日子与张哥张嫂联系得少了,儿子就生气地说:"咱们住进好房子,就忘记大爷大娘了,应该看看人家去。"多年以来,这份朴素的感恩情怀始终伴随着孩子成长进步,让他收获了许多许多。从幼儿园到大学,儿子不仅成绩名列前茅,而且一直担任班干部,大二又入了党。今年暑假,儿子一到家,就张罗着回东北老家看爷爷奶奶。没有买到卧铺,他就在餐车凑合了一天一宿。妈来电话说:"这次孩子回家,不像以前东跑西颠总不在家,而是天天陪着我们唠嗑。孩子懂事了。"看到爷奶家冰箱坏了,临走时,孩子偷偷地用自己攒下的零花钱给老人买了个小冰箱。儿子这份孝心,成为家族里这个夏天最动人的故事。

  因为这个夏天发生了太多有关生命的事件,所以我才对情怀有了更深次的理解和认识。一个人有什么样的情怀就会有什么样的行为。面对纷繁复杂的社会现象,我们要教给孩子生存的本领,更要让他拥有做人的情怀。

  在高尚的情怀面前,任何残暴和杀戮永远是卑微而渺小的。

论开车养生

活在当下,开车绝对是一种不错的养生。

说不准是从啥时候开始都市大街上突然到处都是车,尤其是夜晚下班高峰期整个道路满满的全是车,如同长蛇在陆地上爬行一般。尤其是那走走停停一副若有所思的样子,更是磨人啊!平时,人们天天喊着养生,其实养生无处不在。每天开车即是最好的养生。不信,你就出门试试。

其一,开上车,首先你就得心中有佛,调整好心态,保持一颗平常心。无论谁从后面超你的车,也不管谁从前边牛气冲天地插过来,你都得笑脸相迎,甚至感恩戴德,绝不能生气发火,要不就得发生车祸,大家一起完蛋。特别是早晨上班大家堵在一条路上,大气都不敢出,小心翼翼地一点一点往前蹭,有时候心都提在嗓子眼了,可偏偏在这时有些开车不用心的人,事前心中没数,上了路一会往左,一会儿往右,甭提多气人了。跟在后面你根本就不知他想往哪里走,气得你的心怦怦直跳,恨不得停下来赏他一顿大嘴巴让他长点记性,别瞎得瑟。气是万病之源。我本身性格急、血压高,开始根本就适应不了。时间久了,心态平和,堵车不堵心,我发现自己竟被磨得不仅不生气了,而且血压还比开车前更正常了,心情也好了,原来是心里有了佛。

其二,开车必须全神贯注,用心用脑。人身体好,主要是气血畅达,血脉流通自如,没有淤堵。每天多运动,会加速血液循环,而勤动脑、多用心,更会加速血液循环,促进大脑血液流通,全身肌体充满生机与活力。我每天开车来回将近3个小时论强度比工作要累的多,但为什么还精力充沛,不觉得特累呢?主要是路上车多、拥挤,必须时刻保持精力高度集中,眼观六路,耳听八方,手脚并用,思维敏捷,反应灵活,这就极大地促进了全身的血液大循环,加速了新陈代谢,便于清除体内垃圾,神清气爽,耳聪目明。

其三,开车时无论你愿意还是不愿意,有时会看到惨烈的车祸现场,而现场的情景会让自己更加珍惜生命中的每一天,懂得善待生命,绝不会随意拿生命去斗气开玩笑,比如飙车。养生的最高境界就是惜命啊!

好车技来自好心情。

谈情绪化

社会心态关乎时代进步。

如果用一个最简单的词概括当今的社会心态,我以为"情绪化"是再恰当不过了。所谓情绪化,就是泛指人类、动物和气候的变化无常。也就是自己的情绪控制了理智和思维,凡事不是用理智支配行动,而是按照自己的性子来。

近年来发生的案件,无论是公交爆炸,还是马路摔孩子或街头随便砍人,这些丧失理智与人性的残暴行为,实际都是极端情绪化的表现。纵然有千万个理由,也必须受到法律的严惩。此类现象举不胜举。有的一说起钓鱼岛的问题,就激动地跑到街上疯狂砸日本品牌的汽车,好像这就是爱国,其实是添乱。有的一谈到公务员就会与"三公"消费腐败挂钩,而自己又费尽心思想成为其中一员。尤其网上讨论,那更是了得。本来是犯罪行为,偏偏多数人同情,你稍一反对,准把你祖孙三代骂个人仰马翻。有的本来应该由法院办的事,而有些人情绪激昂,一马当先,来个未审先判,其实质是干预司法,制造新的不公。这些极端情绪化的行为,如任其蔓延,不仅不能够很好地解决问题,而且会阻碍整个社会的发展进步,甚至还将影响到民族复兴伟大中国梦的实现。

渴望公平正义,是人们心中最基本的愿望,也是社会文明的标志。严惩贪官,维护公平正义,这是必需的,谁都能理解。但争取公平正义的方式有多种多样,残暴和杀戮绝不是唯一选项。极端情绪化的思想与行为包括网络谩骂更不值一提。而这,绝不是当今时代精神的主流。这些与"神舟十号"那一飞冲天的壮志豪情相比,与汶川大地震众志成城、和衷共济的民族精神相比,与李嘉诚父子抄底欧洲"几乎买下英国"的豪迈大气相比,是何等的小家子气?面对先人"誓为万世开太平"的博大情怀,我辈思想与胸襟又是怎样的宽阔?

曾几何时,汉唐先祖曾给后人竖起了无比英武强悍的高大形象,成吉思汗铁骑横扫欧洲大陆的英雄气概,更是一个民族永远的骄傲。21世纪,作为世界第二大经济体中国,难道除了牢骚、抱怨、指责、起哄和暴戾,就再没有一点儿大气磅礴的气象了吗?

物质的贫穷并不可怕,最可怕的是精神贫穷。现在,呼唤的不仅仅是国家与民族的豪迈大气,而是整个国民自信与担当的大觉醒、大情怀。一个真正成熟而理智的伟大民族,总是在不断的自我批判与修正中奋力前行。而一个胸襟开阔敢于担当的人,也总是在深刻的自我反思中不断提升自我,时刻用理智的力量推动社会进步。而用看客的心态与情绪的使然,来放纵人性的一切,甚至为一己私利而罔顾人命,永远是卑劣而渺小的。越是在社会变革的紧要关头,越能看出一个人的德行与操守。无论达官显宦,还是社会名流,不看你说得怎么精彩,关键看你做得是否真实。勇敢的社会责任担当与强烈的民族忧患意识,犹如两把道德的尺子,永远丈量着灵魂的高度。

谈反思

深刻的自我反思永远是成熟和自信的表现。

反思既是修为的高度，也是勇敢的责任担当。孔子很早就说过："吾日三省吾身。"意思是我每天多次反思自己。一个人或一个民族只有在不断的反思自省中才能正视问题，改正错误，继续前行。几乎所有的成功者无不经常反思自省提升自己。当年曾轰动一时的巨人集团垮掉后，史玉柱面对挫折经过多次反思自省，才找到了问题的症结，痛定思痛，东山再起，最终以脑白金起家，再创新的事业辉煌。最近，陈毅元帅之子陈小鲁代表北京八中的老三届同学向"文革"中曾经被他们伤害过的人们做了真诚的道歉。这不仅是一个灵魂的反思与自省，更是一个民族的反思与进步。

在党的十一届三中全会上，我们党正是在深刻反思十年动乱的惨痛教训中认真揭摆问题，及时拨乱反正，平反一系列冤假错案，果断地将国家工作重心转移到经济建设上来，提出了建设中国特色社会主义的宏伟目标,开始了轰轰烈烈的改革开放大业,才取得了今天这样举世瞩目的伟大成就。没有反思就没有进步,没有否定就没有发展。

然而,在面对二战罪行上德国与日本的态度却截然相反。1970年,联邦德国总理勃兰特在华沙犹太人的纪念碑前下跪认罪的镜头,早已成为德国反思自省的经典象征。就在前不久,德国总理默克尔造访纳粹第一座集中营——达豪集中营,出席悼念仪式,并郑重指出德国永远对历史负责,再一次向世界展示了一个负责任大国的形象,赢得各国人民的广泛赞誉。而日本首相安倍晋三在今年的"全国战役日追悼仪式"上的致辞竟未提日本在二战中对亚洲各国的伤害及反思,也未提及"不战誓言",受到亚洲各国人民的严厉谴责。据悉,历任首相在致辞中都对"给亚洲各国人民造成了巨大损失和痛苦"做出过反思,并提出"不战誓言",唯独这次安倍晋三没有反思,将日本不敢于面对历史、不愿意承担责任的国家形象暴露在世人面前,使其政治大国的梦想变得遥不可及。试想,谁愿意同一个不负责任的国家交往呢?

事实告诉人们,一个人或一个国家只有敢于反思自省找差距,才能励精图治铸辉煌。尤其是在当下的中国,各种思想观念相互激荡,还有很多社会矛盾,人们在渴望公平正义的同时,绝不应忘记公民的责任担当,更不应放弃自省自警自励的人生信条。这是立身做人的根本,也是一个伟大民族复兴的希望所在。

睡眠在子夜

说起睡眠,我的体会不少。

关于睡眠,西医有西医的理论,中医有中医的说法。但不管怎样,忙活一天能睡个好觉总是求之不得的。中医理论认为,人体内的经气会随着时间的流动,在各经脉间起伏流注。一年四季都在变化,一天的 12 个时辰亦如此。在每个时辰都会有不同的经脉"值班"。把握好睡眠的时机,"天人合一",顺势而为,才可达到养生之效果。

一般来说,子时是指夜里 23 点到凌晨 1 点,这个时辰是胆经当令。"当令"即是值班。胆经从人的眼角外侧开始,沿着人的头部两侧,顺人体侧面而下,一直到脚的外侧四趾。生活中,很多年轻人一到夜里 11 点多钟就特精神,刚好是写作和上网的好时光。殊不知这个时辰正是人体阳气生发的时候,此时睡觉即可把这点生机给培养起来。中医养生,扶阳为纲。治病和养生的真谛就是激发和顾护阳气。养生,养的是阳气,生的是胆气。只有顾护阳气,生发胆气,才能百病不生,健康长寿。睡眠就是在养阳气、生胆气。

《黄帝内经》强调:"气以壮胆。""凡十一藏皆取于胆。"人体五脏六腑之气都取决于胆气生发,只有胆气生发起来,全身气血才能随之而起,身体才会不受影响。子时是人体一天中阴阳相交、胆经最旺的时间,也是骨髓造血、胆经运作的时间。子时睡眠可蓄养胆气,这样才有充沛的精力开始新一天的工作。不睡觉即会耗费胆气,影响人的情致,会给胆汁新陈代谢带来不利,造成贫血、供血不足,心肾不交,面色易返青,甚至严重者还会出现抑郁症,做事缺乏胆量,不利于事业发展。

过去,我经常在子时熬夜赶写材料,有时通宵达旦不休息,首长满意了,自己却落下个失眠的毛病,身体免疫力下降,每天处于亚健康状态。退下来以后,改变了子夜不睡的习惯,睡眠质量提高,人也精神许多,一天工作十几个小时,照样耳聪目明,应付自如。主要是做到了"天人合一",顺应自然,子夜能按时睡觉,养好阳气。

平时,心态平和,随遇而安,避免大喜大怒、过度焦虑,嗜食生冷寒凉,不交心灵阴暗之友,减少了阳气耗损。此外,无论境遇如何,自己始终对社会、对家人、对朋友保有一份阳光心态,有梦想、有追求、有希望,从容自信,快乐向上,这也滋生出不少阳气。人之生长壮老,皆由阳气为之主;气血津液之生成,皆由阳气为之所化。气足则斗志昂扬,可驱散邪气,增加正能量,提高免疫力;气弱则萎靡不振,易邪气侵入,增加负能量,降低免疫力。言为心声,我的一些作品能充满正能量,实际是内心的阳气战胜了邪气。

谈从众心理

昨晚散步，看见路口人聚的越来越多，行人都急匆匆往那里赶。我以为发生了交通事故，也跟着往前走。结果上前一问，原来是两个卖西瓜的小贩子在吵架，不禁哑然失笑。

其实，这种跟风、随大流的心态，心理学上称之为从众心理。就是指个人受到外界人群行为的影响，而在自己的直觉、判断、认识上表现出符合公众舆论或多数人的行为方式，而实验表明只有很少的人保持了独立性，没有从众，所以从众心理是大部分个体普遍存在的心理现象。实际就是遇事缺乏独立思考和判断，没有主见，容易受别人左右。这样的例子很多。比如，前几年，单位集资在新区建房。有的人自己有房住，到底要还是不要，一时竟没了主意。今天听这个说要了能赚大钱，就登记上了；明天听人说卖不出去会赔钱，就不要了。折腾半天最后总算是要了，以为自己两套房可以赚大钱了，结果政策一变，要新房就必须退旧房，只能留一套房。这下傻眼了,退了市中心的旧房,整天住在偏远的新区,老婆孩子上班上学很不方便,一到晚上四周黑灯瞎火的,连散步遛弯的地方都没有,难受极了。这些年房地产商之所以敢用房价"只涨不跌"的豪言壮语来诱导民众,就是因为他们抓住了国人从众跟风买房的心理。买车也从众跟风。年轻人赶时髦,不管自己条件如何,只要这车买的人多就也跟着买,结果欠了一屁股债,成了房奴、车奴,还赖别人。再有,网上跟帖也有从众心理,不管是否了解真相,一律跟帖起哄,好似主持公道,其实就是借机耍泼。正是有了这些没底线、没立场、没有原则、缺乏鉴别力的网民,才让那些在网上兴风作浪、招摇惑众的人不可一世、猖狂无比,这都与人们的从众心理有关。

实践证明,一个缺乏独立思考与判断的人是很难取得大成就的。真正取得卓越成就的人往往都是那些有思想、善于独立思考与判断的人。像张瑞敏、柳传志、任正非等企业家,无论何时都始终保持着理性思维,从不盲目跟风、人云亦云、随大流,勇敢地做真正的自我,最终达到了人生辉煌的顶端,成为时代精神的缩影。保持思想品位,坚持独立思考与判断,不仅有助于增强人格魅力,培养独立自主的精神品格,而且还能够最大限度地减少失误,扎实走好人生的每一步。

谈心智模式

一个人的成功需要多种因素,但科学的心智模式是其中一个不可或缺的重要因素。

平时,一些年轻人经常会出现这样或那样的问题,甚至挫折,总结教训时在客观上查找原因的多,而从主观上查找的却少,即便是找也是浮皮潦草,文过饰非,殊不知相当一些人存在的问题往往都是主观心智模式所致。

心智模式这个词最早是由苏格兰心理学家肯尼思·克雷克在1943年首次提出的。是指深植我们心中关于我们自己、别人、组织及周围世界每个层面的假设、形象和故事。说到底,就是一个人受客观环境影响所形成的固有思想习惯、思维方式和心理素质。它是一把双刃剑,既有积极的一面,也有消极的一面。比如,妻子以前总认为自己小腿粗,不适合穿长皮靴,形成了固有观念,几十年没穿过长靴,只穿短靴,后来我给她买了一双高档长皮靴,她一试,不仅能穿,而且风姿绰约,别有一番风情,很是高兴,开始喜爱穿长靴了。这也说明,凡事只有尝试了才知道行还是不行,不能事还没做就先给自己画一个框子,这样既束缚了个人的手脚,也会失去很多宝贵的机会。

我在公司担任高管工作中经常遇到一些年轻员工,本身素质不错,但一交给他任务,他首先想到的不是用什么方法去完成,而是总讲一些不好完成的客观理由。他本身也不是故意逃避,而是心智模式导致的,分析解决问题总是只看到不利的一面,而看不到积极有利的一面。比如,去年我带队去上海总部参加业务培训,安排一个年轻员工去财务部借2万元差旅费,并由他负责管理携带。可他琢磨了好半天也不敢去借,最后竟为难地跟我说2万块钱如果弄丢了给公司和个人都会带来损失,自己不敢担此重任。联想到平时他的表现,我感到这已不是个人素质和思想问题了,而是心智模式有了问题。还有一些来自其他知名地产公司的员工,入职已经半年了,可心智模式始终没有转变过来,总是用过去那家公司的思想观念来评判现在的工作,不能很好地融入新的企业文化,导致工作起色不大,最后不得不辞职。类似这样的问题还有很多。心智模式的不健全、不科学,不仅会影响到个人的幸福指数,而且还会制约一生事业的发展。为什么世界上80%的人给20%的人打工?难道这80%人都不行吗?不是,只是自身心智模式的局限阻碍了个人梦想的实现,总觉得自己不可能取得那样的成功,缺乏成功人士所具备的那种一切皆有可能的健全科学的心智模式。

当年,马云创办阿里巴巴在一般的人思维中是根本不可能的事,而在马云看来"一切皆有可能",正因为他具有远见卓识的心智模式才取得了今天的辉煌成就。事实雄辩地说明,老板与员工的差距不光体现在金钱和素质上,更主要的是体现在心智模式上。心智模式往往决定着人的一生。正如英国著名企业家和经济学者舒马赫所讲:"你的心智怎样,你的人生就怎样。"那些大政治家、大企业家能够取得巨大成功,与他们自身心智模式的科学性和先进性密切相关。邓小平如果没有健全、科学的心智模式,他怎能几经沉浮又东山再起呢?史玉柱如果没有健全、科学的心智模式,经不起挫折的打击,又怎能从中国"首负"一跃成为身价数百亿的大老板呢?

在追求梦想的到路上,一个人只有突破内心固有思维定式的束缚,注重培养健全、科学的心智模式,让自己内心不断强大起来,敢于突破常规,树立"一切皆有可能"的思想,才能真正梦想成真。

谈情商

高情商比高智商更容易取得成功。

说起智商，人们并不陌生，而对情商则有些模糊不清。情商（EQ）又称情绪智力，是1990年由哈佛大学的彼得·萨洛瓦里和新罕布什尔大学的约翰·梅耶两位心理学家首次提出来的，用来描述对成功至关重要的情感特征，包括情绪、情感、意志、耐受挫等方面的品质，认为在日常工作生活中高情商比高智商更容易成功。

1995年，美国心理学家格尔曼又对情商进行了更全面、系统的阐述，指出情商应该包括五种能力：一是认识自身情绪；二是妥善管理情绪；三是自我激励；四是认识他人情绪；五是人际关系的管理。情商与智商作为两种性质不同的心理品质，二者在形成的基础和发挥的作用方面有着明显的不同。情商是一种能力、一种创造、一种技巧，是后天的，非理性的，是可以培养的，受社会环境影响较大。而智商则是理性的，先天的，受遗传基因影响很大。据《简明不列颠百科全书》智力商数"词条载:"根据调查结果约70%~80%的智力差异源于遗传基因。"人的智力差异也会受到不同环境的影响,但影响不大。而情商虽与遗传有关,但受到社会环境的影响却很大。这也说明情商在一个人的发展中起着至关重要的作用,甚至决定着人一生的命运。

高智商不等于高情商,更不等于高成就。有的人智商很高,自己独立搞科研的成绩很大,而领导一群人去集体搞科研,不仅成绩不大,而且还把一支好端端的队伍给带得乱七八糟。原因是情商不高,不会处理人际关系。就像小区门口的理发师,自己给别人打工理发能挣钱,而自己开店则挣不到钱,原因是情商不行,没有领导能力,不善于处理方方面面的关系。经常看到一些人,才华越出众,缺点就越明显,尤其是事业发展很不顺利。这显然与个人的情商有直接关系。人是社会关系的总和。人生在世,无论在哪里都脱离不了关系。处理好人际关系,实质就是管理好情绪。能否掌控好情绪,关键在于情商。

领袖是推销希望的人。无论是英武神勇的汉武大帝,还是文韬武略样样精通的康熙大帝,他们之所以能够成就一番轰轰烈烈的伟业,成为一代盛世明君,皆因是高智商与高情商的杰出代表。伟人毛泽东用高智商构建了科学体系——毛泽东思想,用高情商演绎了"俱往矣,数风流人物,还看今朝"的豪迈与大气,书写了一个民族无比辉煌的不朽篇章。萨达姆、卡扎菲作为一国总统,理应智商与情商俱佳,可二位面对美国的粗暴干涉,不是讲究用政治智慧去斡旋和调节,而是以莽汉的心态在实力极为悬殊的情况下,为逞一时之气与对手盲目开战,结果自己丢了身家性命不要紧,还把一个原本美丽富裕的国家弄得暴力频发、民不聊生,原因固然是多方面的,但情商不高却是不争的事实。所以,面对纷繁复杂的社会环境,情商对一个人的发展进步绝不是可有可无的,而是时刻必需的。在任何时候任何情况下,都能够精准而有效地认识并管控好自己的情绪永远是成功的重要资本。

谈女人心思

摸透女人心思是男人获得家庭幸福的开始。

人世间自打有了男人和女人,便有了无数说不清道不明的欢乐与痛苦。倘若哪个聪明男人了解了女人心思,也就掌握了婚姻幸福的法门。现代女人的幸福指数不仅取决于物质生活的数量,更取决于精神生活的质量。现今的日子,只要努力,哪家也不会缺吃少穿,但为什么女人对幸福的抱怨总是如数家珍,很难满足?一来是这些年物质生活的异常丰富使人们对幸福的标准要求越来越高;二来是男人们为了家庭幸福生活整日在外边马不停蹄地奔波奋斗,往往又忽略了女人的心思。特别是那些具有浪漫情怀的女人,面对孤寂而乏味的空房生活,她们不仅渴望拥有富足的物质生活,而且对精神生活的无限向往与追求也非常强烈。无论多么坚强的女人,终离不开男人的呵护与娇惯,让她们在真爱的阳光雨露滋润下焕发出更加迷人的风采。

喜欢撒娇、耍小孩子脾气、渴望拥抱和心灵倾诉是现代女人获得快乐的基本方式,也是生活幸福的重要标志。而这些恰恰是当代中国男人最容易忽略的情感细节。尤其是在工作与生活压力巨大的今天,中国男人的浪漫情怀早已被赤裸裸的现实物欲所替代,那种手捧玫瑰花的潇洒与浪漫似乎已成为大众男人的奢侈。其实,单一地靠金钱物质或单一地靠精神作用都不可能留住爱人的心,一段美满幸福婚姻能够长久维持下去,往往是物质与精神两方面因素互动支撑的结果,二者缺一不可。

美国著名社会心理学家马斯洛曾提出过人类需求的五大层次论,即生理需求—安全需求—归宿需求—尊重需求—自我实现需求。由此看出,当人们满足了衣、食、住、行、性这些最基本的生理需求以后,还会有更高层次的精神需求。这是人类发展的必然规律,也是人性自身的客观要求。在当下,多数女人的心思都离不开这五大层次的满足度。她们喜欢向爱人撒娇、耍小孩子脾气、渴望拥抱和心灵倾诉。这种简单的女儿心思,是人性中最基本、最普通、最廉价的愿望,也是维系现代婚姻生活必不可少的精神养分。每一个成功男士都应该明白懂女人比爱女人更重要的道理。在不断创造丰富的物质生活同时,千万不要忘记给予女人充分的精神满足,这既是真爱的表达,也是男人自信强大的标志。因为男人的成功总是写在女人的脸上,而女人的欢乐又总是来自于男人的理解与满足。

比如,每天拥抱你心爱的女人。

谈写作养生

这年头生活好了,人们都在琢磨着养生的秘诀。于是专家教授的养生书籍卖得那个火。但书里介绍了好多养生方法,就是没提写作养生。其实,写作作为高级而复杂的思维创造活动,不仅是一种工作的本领,还是一种放松身心的养生方式。

写作本身即是思维活动。没有思维就没有写作。思维是人类认识客观世界的一种精神活动,是人脑对客观事物的能动反映,人的认知高级阶段。一篇文章的完成是思维的结果。而写作的思维活动,必须充分调动人的情绪、灵感,最大限度的激活创造性思维,这无疑会加快血液流动,促进全身气血循环,保持健康体魄。

据有关资料介绍,经颅多普勒检测10例正常人大脑思维活动前、后大脑中动脉、大脑前动脉和大脑后动脉的血流速度,结果是思维活动后各动脉血流速度对称性增加,增加范围是10.3%~14.3%,其中颈内动脉系统血流速度增加明显,结论是思维活动能明显增加脑动脉血流速度,促进健康水平提升。因为老年人血液本身就流动较慢,往往容易形成脑血栓。如果不勤用脑,思维就处在缓慢状态,不利于气血顺畅流动,易得各种血栓,身体也不健康。因此,从这个意义上讲,写作已不仅仅是简单的业余爱好,而是生命的另一种状态,是一种高层次的智慧型身心运动,是现代养生之良方。一是写作能够将自己的所思所想及时记录下来,适当的倾诉与发泄可排遣烦恼与忧愁,有助于保持愉悦的身心,让生活变得轻松快乐,促进精神健康。二是可以将自己的人生经验上升到理论加以总结推广,以文会友,分享思想结晶,达到快乐自己,启迪别人之目的。三是能够勤活动脑筋,让思维始终保持活跃状态,可以加速血液流动,激发肌体活力,促进新陈代谢。德国大诗人歌德82岁依然能够完成《浮士德》那样流芳百世的伟大作品,不仅是才华出众的结果,更是长期写作养生的结果。

写作能延长生命。

谈红薯

红薯作为一种普通食物可谓老少皆宜,上下通吃。无论是达官显贵,还是布衣平民,人人都可享用。我对红薯的印象始于20世纪70年代,那时从山东到东北谋生的农民经常会把红薯干和花生当作贵重礼物送给朋友。在物质极度匮乏的年代,偶尔能吃到红薯干,也算是一件挺幸福的事儿。上班以后,有时参加招待宴请,也常吃到精制的烤红薯。感到各色人等都对红薯情有独钟,遂勾起了我探究的雅兴。

据资料介绍,红薯,又称甘薯、番薯、山芋,属旋花科一年生植物。在我国因地区不同,人们对其称呼各有不同。山东人称其为地瓜,四川人称其为红苕,北京人称其为白薯,福建人称其为红薯。相对来讲,民间称地瓜的比较多。红薯原产美洲,欧洲第一批红薯是哥伦布于1492年带回,然后经葡萄牙传入非洲,并由太平洋群岛传入亚洲。红薯最初引入我国是在明朝万历年间,当时的福建华侨陈振龙常到吕宋(今菲律宾),发现那里种植的红薯产量最高,于是他就耐心地向当地农民学习种植方法。后经陈氏家族推广,红薯开始在全国普遍种植。

过去吃红薯是为了填饱肚子,现在吃红薯则是为了健康。据《本草纲目》等古代文献记载,红薯既有"补虚乏、益气力、健脾胃、强肾阴"之功效,也有补中、和血、暖胃、肥五脏之作用,能够让人长寿少疾。当代《中华本草》说其:"味甘,性平。归脾、肾经。""补中和血、益气生津、宽肠胃、通便秘。主治脾虚水肿、疮疡肿毒、肠胃便秘。"因为红薯含有丰富的淀粉、膳食纤维、胡萝卜素、维生素及钾、铁、铜、钙等十多种微量元素和亚麻酸,营养价值极高,尤其对保持血管弹性,预防老年性便秘十分有效。对减肥美容也有一定辅助作用。同时,近年来世界医学研究结果表明,红薯还有防癌之功效。据日本医生通过对26万人的饮食调查发现,熟红薯的抑癌率为98.7%,略高于生红薯的94.4%。美国费城医院也从红薯中提取出一种活性物质去雄酮,能有效预防结肠癌和乳腺癌的发生。这说明红薯不仅是大众化食品,更是上好的保健食品。

在日常生活中坚持吃一点红薯,既能养生保健、延年益寿,还能品味到另一种人生意趣。红薯表里如一,朴实温暖,光明磊落,实实在在。不用包装,也无须炒作,放在哪里,总是那么淡定而平和。一如生命的某种品质,既无高低贵贱之分,也没有身份象征,谁都能买得起、吃得下。红薯就是红薯,该啥价就卖啥价。不像有些东西,一上市就把人分成了三六九等,比如房价。

谈爱国

前几年,有一首歌曲叫《国家》,虽然听了好多遍,但每一次都会感到那么亲切、那么自豪。每一次在奥运会上看到五星红旗冉冉升起的时候,我的内心深处总会产生一股无穷的力量,激动不已,备感振奋。每一次听到庄严激昂的《义勇军进行曲》,我的肩上仿佛又增添了一份沉甸甸的历史责任,只有加倍努力工作,不断创造新的业绩,才能无愧于祖国母亲的殷切希望。

今晚,当我从电视上,看到一位在圆明园游玩的女士接受采访,谈到爱国时激动流泪的样子,心里特别感动。她流着泪说,看到被侵略者破坏的圆明园,就会想到当年贫弱的祖国被八国联军侵略的惨剧。今天国家强大了,他们不敢来了。那一刻,我分明感受到了一颗拳拳爱国心。是啊!今天的祖国已经不是当年积贫积弱的旧中国,而是当今世界第二大经济体。作为中国人理应为祖国强大而骄傲自豪。可是,社会上却有那么一些人,总是利用社会转型期出现的各种矛盾,对现行的国家制度横加指责、万般挑剔,极力鼓吹全盘照搬美式自由民主那一套,到处传播不利于国家稳定的负面言论。殊不知美国的民主模式与其民族习惯息息相关,是在历史发展中自然形成的,而不是从哪个国家搬来的模式,是有着鲜明的美国特色的,是当今世界上任何国家都复制不了的政治模式。只要认真读过托克维尔的《论美国的民主》一书就会清楚美式民主的含义了。这种崇洋媚外、自我贬损的心理,实际就是对国家历史与现状的无知。

中国有5000多年的历史,56个民族,13亿多人口,幅员辽阔,各地情况大不相同,民族习惯、文化形态及生活方式呈多元化,为强化行政管理,从秦始皇时期就实行高度集权的政治制度,当中也曾出现过诸侯割据、战乱动荡的局面。如果全盘照搬美式民主政治的模式,不但会一盘散沙,各自为政,而且很难形成统一的对外力量,中华民族的凝聚力会大大降低,中国梦更无法实现。民主对我们来说,既有时间的距离,也有素质的距离。真正的爱国就要了解自己国家的历史和现实,实事求是,全面地、客观地、辩证地看待问题,而不能全盘否定,盲目照搬。还有的人是唯恐天下不乱,哪里有热点就借机炒作,甚至还利用网民的善良和热情,在网上兴风作浪,大肆散布虚假信息,打着反腐维权的旗号,到处敲诈勒索,弄得人心惶惶,严重影响了社会的稳定,最终锒铛入狱。这样的人能算爱国吗?还有的人参加国际大赛,公然大言不惭地说自己不代表国家比赛,而是代表自己。试想,世界上有哪一个国家愿意同个人去比赛?人家和你比赛,其实是在同你的祖国比赛。没有国,哪来家?爱国需要热情,也需要头脑。

今天,爱国不应仅是一句空洞的口号,更不应该是发牢骚讲怪话,甚至指责和谩骂。爱国是一种高尚的情怀,是一种勇敢的责任担当,是树立强烈民族自豪感和自信心的实实在在的具体行动。爱国贯穿于我们工作生活的始终。每个人都应反思自省找差距,时刻与祖国同风雨共患难,自觉维护祖国的尊严和形象,用自己进步的言行推动社会的进步。这样的爱国才有分量。

谈语言朴实之美

朴实是文学的最高境界。

把文章写得谁也看不懂并不难,难的是用朴实的语言说明一个深刻的道理。这并非所有人都能做到。

追求语言华美,自古骈文有之,可谓赏心悦目、美轮美奂。但朴实作为洗尽铅华的最高表现,其语言风格并非皆是枯燥无味大白话,而是经过人生历练的悟道与升华,使之思想情感更加成熟而淡定,甚至达到鞭辟入里、一针见血之境界。越深刻的东西往往越简单,理论方面更是如此。就像邓小平的语言风格,很多深刻的理论经他这一讲,变得通俗易懂,让人茅塞顿开。比如,"发展才是硬道理"、"贫穷不是社会主义"、"革命是解放生产力,改革也是解放生产力"等。语言朴实无华,谁都能听明白,受益匪浅。毛泽东讲的"枪杆子里面出政权","一切反动派都是纸老虎",语言极为朴实,但内涵非常丰富,指导性强。

在文学语言方面,"千年诗佛"王维的"明月松间照,清泉石上流","大漠孤烟直,长河落日圆",语言很朴实,没有任何生僻深奥的字眼,却营造了悠远空灵、宁静唯美的审美意境,成为禅境名句。普希金的"假如生活欺骗了你,不要悲伤也不要愤慨,不顺心的时候暂且容忍,相信吧,快乐的日子就会到来"。每每遇到不顺心的事儿,一想起这几句朴实的诗句,内心便会获得释怀与轻松。余光中的《乡愁》、臧克家的《三代》,这些经典诗歌立意高远、思想深邃,且语言特别朴实、简单明了,读来朗朗上口,韵味十足,百读不厌。散文的经典佳作往往也是语言朴实、内涵丰富的作品。比如,朱自清的《背影》、贾平凹的《丑石》及史铁生的《我与地坛》等,这些作品语言平实质朴,却唯美动人、意蕴丰满、深刻凝重,令人回味无穷。

语言是思想的外衣。朴实的语言来自深刻的思想。它需要长久的思想与情感积淀,包含着作者对人生、生命、生活、社会,甚至茫茫宇宙的哲学思考和心灵感应。朴实的文字能带给人更多的审美享受。朴实之美是本色的内在之美,是美学的一种更高的境界和标准。朴实是一种风格、一种功夫、一种境界,更是一种天分、一种才情、一种自信。正如德国悲观主义哲学家叔本华所说:"简朴不仅始终是真理,而且也是天才的标志。"

谈写材料与个人进步

写材料未必当能大官,但当大官必定离不开写材料。

这年头,能在大机关当差,多少也得有两下子。这其中一下子便是会写材料。而机关材料除了日常公文,最主要的当属各种会议材料,这也是领导们最关心的。不管你有无背景,想在大机关有作为,就得会写材料,且能让你的思想影响领导的决策,自然你在领导心中的地位作用就凸显出来,获得领导栽培的机会就会比别人多,成长进步也就比别人快。

会写材料不仅是谋生的手段,而且还是个人发展进步必不可少的看家本领之一。如毛泽东同志的政治秘书胡乔木,不仅是党内有名的大笔杆子,而且还是我党意识形态领域卓越的领导人,为思想理论建设做出了重要贡献。著名的《关于建国以来若干历史重大问题的决议》就出自他手。原中央军委委员、总政治部副主任王瑞林上将长期担任邓小平同志的秘书。现任国家安全部部长许永跃曾任陈云同志的秘书。现任全国人大常委会副委员长李建国曾任李瑞环同志的秘书。这些人共同的特点就是都很有才干,普遍具有很高的写作水平,能够在关键时刻为领导出谋划策,获得领导的信任和赏识。常在领导身边工作,耳濡目染,也会学到一些领导经验和知识,自身的思想政治素质和领导水平就会提高很快,看问题的角度也会比一般的人站得高、看得远,这些都让自己终身受益无穷。但是,写材料又是一件苦差事,时间紧,要求高,一般人是难以胜任的。写材料并不难,难的是写出高水平的好材料。所以,掌握正确的方法技巧非常必要。

一是必须提高自己的政治理论水平和宏观战略思维能力。这是写好材料的关键。要体现领导的水平关键在于理论高度。任何领导都想在有限的讲话时间内充分展示自己较高的政治理论水平和素质,这不仅要靠自己讲,更要靠秘书妙笔生花。从这个意义上讲,秘书的水平就是领导的水平,秘书的水平有多高,领导的水平就会有多高。二是必须以谦虚的态度注意向他人学习。要多注意收集党和国家及本省、本系统的一些重要会议材料。特别要坚持阅读"两报一刊",努力找到自己所需要的好材料、好文章,逐篇认真加以剖析,从中总结规律,写好心得体会,举一反三,融会贯通,形成自己独特的思想方法和写作新路,上路子就会很快。三是必须努力向实践学习,善于总结。有经验就会有成绩。一个单位的经验既是扎扎实实干出来的,也是认认真真总结出来的。实践是认识的来源。任何科学的经验总结都必须来自现实生活。写材料要会总结,会总结就得了解实情,不能闭门造车,否则缺乏针对性和有效性。所以,一定要多深入实际,掌握第一手材料,做到理论来源于实践又指导实践。四是必须与时俱进,不断学习补充新的知识。尤其要注意学习领会中央领导人的最新讲话精神,及时了解掌握上级的指示要求,力争在材料中有所体现,增加材料的时效性和指导性。同时,还要跳出本省看本省,跳出材料看材料,以全局视野和战略目光,把各行各业先进经验同本领域的具体实践相结合,形成符合本单位发展实际的新思路、新做法。五是必须讲究材料语言。这是相当一些人最容易忽略的问题。好多领导看到材料,什么都满意,可一讲完却反响平平,又不知啥原因。其实,是语言有问题。特别是长句与短句的运用和阳平与阴平的调整,涉及声音的高低与气势。这里面大有学问。有的讲话材料念起来,不是生硬拗口,就是索然无味。这就要根据讲话的重心,合理地搭配长句与短句。一般长句深沉凝重,尤其是排比句式,显得大气磅礴,很有气势。而短句则活泼有力,读起来朗朗上口,显得干净利落,一般用于结尾。用词的讲究主要体现在标题上。一般情况下,每一级标题应该是一样的字数、一样的音节。这样才能文气畅达、端庄大气。

总之,写好材料,既要有悟性,还要有韧性,更要有德性。

谈汉唐文学与时代精神

任何文学作品总会体现着某种时代精神。法国著名思想家、文艺评论家丹纳曾指出:"要了解一件艺术品、一个艺术家、一个艺术家群体,就必须认真考察他们所处的时代环境和风俗状况。"

艺术品特别是文学作品总会受时代精神的影响和熏陶。时代精神往往浓缩了一个民族、一个国家在特定历史时期人民总体的精神气质,包括普遍的社会风尚和日常生活的格调方式等。而文学气象则是时代精神外化的表现。比如,汉唐时期崇文尚武,不仅国强民富,而且出现了"文景之治"、"贞观之治"和"开元盛世"三大盛世。汉唐军事实力非常强大,疆域空前辽阔,均为当时世界上首屈一指的强大帝国,唐朝更是万方来贺。且汉唐时期民风淳朴,社会风气充满正能量。百姓安居乐业,人人自爱守法,移风易俗,黎民醇厚。商旅野次,无复盗贼,马牛布野,外户不闭。整个社会充满生机和活力,到处洋溢着大气、包容、开放的时代气息。与先秦时期和宋明时期推重理性精神相比,汉、唐更具浪漫色彩。这种浪漫情怀展现的是天生的才情和格调,是人的好奇心和想象力。

汉唐时代的人个性张扬,天真烂漫,更具外向,富有野性与激情,创造力与开拓欲极强。这种时代精神渗透到文学艺术上就形成了雄浑壮美、大气磅礴的气象。比如,汉赋的宏大制作,即是汉代文化博大气势的一个缩影。司马迁的《史记》,因其鸿篇巨制,气势恢宏,生动形象,在我国文学史上占据重要地位,被鲁迅称为"史家之绝唱,无韵之《离骚》"。去年9月份,我到陕西参观茂陵,第一次看到了霍去病墓前的大型石雕群,造型巨大而简括、古朴而凝重、浪漫又大气,充分体现了汉代艺术深沉雄大的气魄。那一刻,我完全被震撼了。尤其面对"马踏匈奴"的雕刻,我仿佛看到了汉代国力强盛、豪迈霸气的时代风貌。

唐诗的宏大境界和气派,被誉为"盛唐之音"或"盛唐气象",代表了中国诗歌发展的最高峰。唐代涌现了中国历史上最优秀的诗人群体,他们的作品热情洋溢,豪迈奔放,慷慨激昂,气度非凡。唐代诗人用大境界、大手笔表现生活、抒发才情。比如,杜甫的"欲穷千里目,更上一层楼"和"会当凌绝顶,一览众山小",抒发了干一番事业的豪情壮志;李白的"仰天长啸出门去,我辈岂是蓬蒿人","长风破浪会有时,直挂云帆济沧海","飞流直下三千尺,疑是银河落九天"等名句皆充分彰显了诗人大气、豪迈、浪漫的大情怀,给人以强烈的心灵震撼与思想共鸣。

总之,雄壮浑厚的汉唐文学艺术作品几乎随处可见大气磅礴的时代气息。

谈禅味与诗情

真正让人无法忘怀的经典诗词总是弥漫着某种禅味。

提起禅味就不能不提到禅宗美学。我曾在另一篇随笔《美苑杂谈》中详尽阐述过禅宗美学的种种优点,就是想让更多的作品能够多一点无法言说的诗情画意。禅宗是我国佛教史上流传时间最长、传播范围最广、影响最大的宗派。中唐时期的慧能是禅宗的创始人。禅宗美学曾在我国美学史上产生过很大影响。它是建立在客观唯心主义基础上的一种生命哲学,其核心问题是人类怎样从尘世苦海中解脱出来,通过禅的心灵、智慧顿悟无边的佛性,从而达到"见性成佛"、"逍遥自在"的生命境界。人类怎样摆脱各种羁绊束缚而走向自由,这一问题恰恰也是美学关注的核心问题。二者的联结点也正在于此。因此,禅宗美学与中国美学的联系可以说是血脉相通的。

应当说,禅宗用来把握世界的本体、宇宙真性的一整套思维观照方式与其美学顿悟直觉的建立,不仅对中国美学思想尤其是诗词艺术创作产生了相当大的影响,而且在世界美学宝库中也绽放出无比夺目的光彩。在这方面,我国古代素有"千年诗佛"美誉的唐代大诗人王维,能够成为与李白、杜甫鼎足而立的大家,不仅因为他是一位精于绘画、音乐和佛学的全能大诗人,而且其作品还诗中有画、诗中有禅、诗中有音。比如,《使至塞上》中的名句"大漠孤烟直,长河落日圆",将一幅优美的图画展现在人们面前,让人感受到了大气磅礴且雄浑壮美的悠远意境。而《鸟鸣涧》中的"人闲桂花落",将人之心境之闲如止水、静如空潭与落花的落音相反衬。尤其"闲"字,更让人浮想联翩,强化了作品的深度。特别是《山居秋暝》,这首诗是王维诗中有禅最为典型的代表。全诗通篇贯穿了一个"空"字,整体气韵犹显禅境。其中,脍炙人口的名句"明月松间照,清泉石上流",将人之恬淡心境与客观环境之相衬,尽显出空、静、冷、寂的美学境界,如游荡的灵魂在倾诉,似优美的夜曲在弹奏,那么真切而美妙,收到了隽永含蓄,余音绕梁的艺术效果。因此,禅宗美学是好的诗词作品不可或缺的重要元素。不仅有助于强化诗词的审美情趣,还能增加作品的深度与分量。

现在,一些诗词之所以读来很平、很直白,如大白话一般,无诗情画意,缺乏悠远而深沉的意境,实质上是缺乏禅味。故掌握一点禅宗美学,对包括诗词在内的所有文学艺术创作必会大有裨益。这是我的老师、中国诗词界重量级人物周笃文、林岫、王洪三位教授二十年前的教诲。至今,我仍记忆犹新,受益匪浅。

谈"特征有益程度"

19世纪法国著名思想家、文艺评论家、史学家丹纳在其代表作《艺术哲学》中曾提出过两大理论:一个是"种族、时代、环境"三元素说;另一个是艺术批评的三种尺度,即艺术品表现事物特征的重要程度、有益程度、效果的集中程度。前者强调了"三元素"对文学艺术的决定性影响,而后者则突出了艺术作品批评的客观性。入冬以来,我一直在认真研读此书。感到这两大理论特别是"特征有益程度"观点,不仅对当代中国的文学艺术发展具有较强的指导意义,而且对净化网络环境,全面提升博文创作水平大有裨益。

(一)

"特征有益程度",主要是指艺术所包含的道德教育作用。按照丹纳的观点,就艺术价值而言,别的方面都相等的话,表现有益特征的作品必然高于有害特征的作品。也就是说,如果两部作品以同等的写作手法介绍两种同样规模的自然力量,表现一个英雄的作品比表现一个懦夫的作品价值更高。古往今来,无数文学经典之所以能够历久弥新,百读不厌,就是因为作品本身总能带给人们前行的力量,让芸芸众生、劳苦大众在艰苦的奋斗中时时沐浴希望的曙光。无论哪个国家、哪个朝代、哪个时期,文学总是发挥着陶冶情操、净化心灵、激扬斗志,带给人们更多积极向上的正能量的作用。而绝不是像有些文章那样一味地宣泄消极、颓废的情绪,甚至攻击和谩骂他人,让人读后备感失望。漫长的岁月中,优秀的文学作品就像一盏不灭的灯塔,能给人以无限的希望与光明。因为真善美在任何时候都是文学艺术的永恒追求。

(二)

网络折射着一个民族的素质。

今天的国人,较之过去已有充分的自由写作权利。特别是当网络普及之后,每个人都能自由发表作品。网络作为一种新兴的大众传媒,正以前所未有的速度改变着我们的文化生活。专业文学网站和个人博客的兴起,促进了文学创作的繁荣,丰富了人民的精神生活。如今,我们所写的文字,无论是诗词还是小说、散文,都是新世纪中国文学的组成部分,只是水平层次不同而已。实践证明,未来网络必将成为文学繁荣发展的主要阵地,这是由受众群体阅读习惯决定的。网络文学作为新时期文学创作的重要形式,目前正处在由下里巴人向阳春白雪过渡的阶段,整体创作水准还远未达到传统文学的高度,要想持续发展下去,就必须承担应有的社会责任,彰显出道德教育的力量,否则很难形成大气候。所以,网络作品既要讲究艺术品位,也要讲究道德水准;既要独抒性灵、关注自我,也要情系苍生、关注社会;既要小桥流水的婉约妩媚,也要大江东去的雄浑壮美。唯有这样,作品才能让人产生强烈的思想与情感的共鸣。你离现实生活越近,读者和你就越亲近;你离现实生活越远,读者和你就越疏远。你的思想有多远,作品就能走多远。好作品不在于点的赞有多少,而在于是不是真的来源于生活并感动了自己、感动了读者。

(三)

一个没有使命感的人永远也写不出有责任感的文字。

你有什么样的情怀就会写出什么样的文章,你有什么样的思想就会写出什么样的语言,你有什么样的心灵就会拍出什么样的图片。只要我们稍稍翻看当今网络上的文字与图片,一些点击率很高的图文往往不是那些健康向上、充满正能量的好作品,而是那些专门以反映社会负面、消极、不好的东西为主的低俗文字和图片,哪壶不开提哪壶、啥不好就写啥、拍啥,以为这些是真实的,是大众需要的,而反映积极的、充满正能量的作品都是虚假的。事实上,真实有两层含义:一种是社会亮点,积极进步的一面;另一种则是社会污点,消极落后的一面。只有用一分为二的观点来看待才是符合实际的。况且我们所看到的也只是社会生活的某一方面,未必就能代表生活的本来面貌,未必就是时代精神的主流。生活的本来面貌往往跟一个时代甚至整个历史发展的大的真实性相联系。无论在前进道路上遇到多少问题，甚至大的波折，这也都是发展中的问题。人类社会毕竟是前进和发展的，追求真善美是人心所向。所以，观察社会生活，提炼写作主题，必须以此为前提，才能真实地反映社会现实。如今，社会大众不光渴望公平正义，更渴望用健康向上的优秀文学作品来鼓舞士气、提振信心。如果那些为生存而艰苦打拼的人整天看到的尽是些憋气窝火、消沉的文字，他们还能看到希望吗？所以，在全民化写作时代，每一个爱好写作的人都应该清楚通俗化不等于低俗化，平民化不是自由化，只有时刻怀着崇高的历史使命感和强烈的社会责任感去面对生活、面对社会、面对写作，才能真正发现世间的真善美；只有用悲天悯人的大情怀，驱散那些腐朽、低俗、萎靡、自怨自艾的小感觉，才能还浩然正气于人间。只要我们始终带着最真实的思想情感去写作，始终用一颗最真诚的心去颂扬超越苦难、追求梦想的人性光辉，就一定能够写出撼动人心的好作品。

　　无论岁月流逝了多少，那些温暖而清雅的文字总能丰富我们平凡的人生。

阅读亦是交流

阅读是一种交流。

很多人读了不少书,但没学会交流。其实,交流不仅体现在日常工作生活中,还体现在平时的阅读中。阅读,可以让你知识丰富,学富五车,也可使你口若悬河,滔滔不绝;阅读,可以让你视野开阔,信心倍增,也可使你才华出众,卓尔不凡;阅读,可以让你举一反三,触类旁通,也可使你战胜自我,超越平凡。而阅读要达到如此境界,就必须靠交流、靠灵魂的参与、靠独立的思考,否则我们的头脑就成了别人思想的游戏场。接受美学告诉我们,每一本书价值的实现,不仅取决于作者的创作水平,而且还体现在读者的欣赏水平,这是两者相互作用的结果。

阅读既是阅书也是阅人。阅读的收获比交往更实惠。

读书思考的过程即是与作者交流的过程。作者的人生观、价值观、思想水平、道德情操、审美品位、性格特点及思维方式等都会体现在作品中。读得越仔细,理解得就越深刻,思考得就越有高度。看起来是自己在读书,实际是两个人在交流、在分享、在挖掘人性深处最动人的歌。如同欣赏博客一样,既是独自欣赏,也是交流互动。阅读中外经典名著,不仅仅是在读书,而是在聆听大师的教诲,是在接受人类思想精华的熏陶与洗礼。这种交流,是思想的启迪,更是文化的传承。

大师的背影早已定格在人类精神世界的巅峰,而我们通过不断地阅读交流所收获的那些思想与力量,也会让生命时刻闪烁着人性的光芒。

留白杂谈

好文章除了文风正、文采好以外,恰到好处的留白也会强化作品的审美情趣,给人以无限的想象空间,令人回味无穷,思绪万千。

留白,是中国绘画艺术的一种手法。接受美学认为,任何艺术作品的成功都是作者和受众相互作用的结果。尤其是绘画,表现得更加明显。绘画作品上未明确展示的那部分,是要通过受众的理解、想象和再造来完成的,故画家要给受众留下广阔的想象空间,不能画得太满、太全,否则一眼看清,便兴味索然。比如,齐白石的名画《蛙声十里出山泉》,仅用几只蝌蚪的山泉中游动的画面,就为我们展示了"蛙声十里出山泉"这一意蕴丰富的奇妙意境,整个画面并没有见到蛙,但却能够通过受众丰富的想象产生出蛙声的高超艺术境界。再如,宋代画家考试有一道考题叫"竹锁桥边的卖酒家",好多考生都画出了酒家,但有一人却未画酒家,只是画了一片竹林,上面挂了一个大的"酒"字的帘子,一看便知那里有酒家,恰当的留白给人以无限的想象空间,提高了审美效果。

在我国文学作品中也经常运用留白艺术,宋词尤为突出。比如,李清照的《如梦令》:"昨夜雨疏风骤,浓睡不消残酒。试问卷帘人,却道海棠依旧。知否?知否?应是绿肥红瘦。"一代"词宗"运用了留白手段,也就是明断暗续的手法。"试问卷帘人"一句,到底作者问的是什么?省略不写,成为"断脉",后于答语中引出,因侍女情感淡漠,导致女主人心里极平静,引出"知否?知否?"的急切叠问。侍女回答不着一字,于是,意脉又断,最后推出"应是绿肥红瘦"。道不尽的凄婉与怜惜跃然纸上,引起读者强烈的思想与情感共鸣。特别是断脉所呈现出的那份空灵悠远之美极大地强化了审美情趣,留给受众无限的想象空间,产生了虚实相宜、笔断意不断的审美效果。就像爬山一样,真要爬到山顶感觉未必美,恰好是爬到一半那种对山顶美好的想象感觉最好。维纳斯雕像之所以能让人们记忆犹新,就是因为断臂给人们留下了无限的遐想。所谓"酒喝半醉才是美"讲的就是这个道理。所以,无论是做人还是作文,恰如其分的留白都十分必要。

我初学写作时生怕别人看不懂,总把文章写得很全。稿子常被老爸改得啥也不是,还要被狠批一顿。原因是太啰唆,不懂留白。举例子抓不住重点,讲故事找不准亮点,面面俱到,层次不清,段落不明,满满的一页纸全是字,没有一点空间,看了显得很憋闷。因为写得太满,往往阻碍了受众的参与热情,影响了作品的审美效果。后来,通过摸索,我的写作水平有了很大提高,懂得哪些地方应该多写,哪些地方要少写,甚至不写。有时写多了效果未必好,写少了效果未必差。

我有一篇博客《成长:追寻理想的足迹》,内文仅一张图片,是一位年轻的母亲抱着孩子参观井冈山革命历史博物馆的背影照。整个版面就一个标题和一张图片,其余全是空白,给受众留下了充分的想象空间,收到了良好的效果。如果要加上一篇文字诠释,读者没有了想象空间,效果就不会好。又如另一篇博文《岁月远走梦依旧》,标题本身就有很深的诗歌意象性,这里的"梦",主要是指人生的梦想,但我并未写出梦想是什么,给受众留下了充分的想象空间,而是采取客笔的手法将笔墨几乎全用在了描写渲染工作之余的洒脱心态和浪漫风采上了,可读罢此文却感到梦想就在其中。如果要加图片,就会影响审美效果了。

现在,网络上很多博客往往是图片和文字同时存在,这样图文并茂,有助于强化审美效果。但必须有个度,如果图片的内涵不足以支撑起文字所要表达的意境,还是尽量不要上为宜,以免画蛇添足,影响效果。图片博文一定要选择那些最具代表性、最能反映事物本质的景物来拍摄,发表出来也应突出主题,适当留白,以一当十,否则太多太烂,主次不分,分散受众注意力,不能引起无限想象力,审美效果自然就不好。

留白,除了意象留白和结构留白以外,还有省略留白和版式留白。一篇文章能够在恰当之处巧用省略号,充分调动受众的想象力来提升作品的审美价值,也是一种深雅的禅境。另外,博文版面设计也很关键。一般位于文章上面的部分叫天头,应该距正文空间大一些;下面的叫地角,也要与底线有一定空间,不能太挤,看着憋闷。标题上下都有空间为最佳,让受众有想象余地,这样既会增加版面整体的美感,也会强化受众的参与意识,收到意想不到的效果。总之,学会留白对增加作品的艺术性和可读性大有好处。

我看随笔

对随笔不同的理解造就了不同的文章。

随笔作为散文的一种,既与散文的基因一脉相承,又有自身独特的美学风貌。随笔谁都能写,但要写好却不易。现今我国的随笔创作,不仅留有《容斋随笔》的传统遗韵,而且还有西方随笔的影响。世界随笔创作大师英国的培根、兰姆,法国的蒙田和美国的爱默生都对我国随笔创作产生过影响。尤其是兰姆的《伊里亚随笔》曾对鲁迅、周作人、林语堂、梁遇春、梁实秋、丰子恺等大家产生过重大影响。正是因为这些大师的辛勤耕耘,才有了我国随笔创作的独特风格。

随笔,按照字面理解,有着随时笔录和随意用笔的两种含义。一般来说,随笔和小品文不是讲故事、偏重于叙事的那种文字,应该是散文中那种夹叙夹议,发议论较多,处处闪烁着思想的火花,特别注重理趣的真味,语言又比较讲究的那种文字。正如著名作家汪曾祺所说:"随笔大都有点感触,有点议论。"而这种议论,绝不是像网上的一些随笔那样一味地使性子、发牢骚、讲怪话,甚至对社会指责谩骂,而是包含了作者本人对宇宙、生命、人生及生活的深层次的哲学思考,是一种深刻而淡然的人生感悟,也是悲天悯人的大情怀,能够带给人长久的理性思考和较高的审美情趣,令人回味无穷。随笔的字里行间常常蕴含着深厚的哲学思想。诸子百家里庄子的《逍遥游》即是一篇典型的哲学冥想之作。为我国现代散文随笔创作做出过杰出贡献的著名散文家梁遇春,这位二十七岁早夭的文学天才,虽然生命很短暂,但他的随笔作品至今仍在中国文学宝库中闪烁着无比璀璨的人性光芒。他的随笔受英国随笔大师查理·兰姆的影响很深,但其作品依然保有中国哲学的底蕴。他的《人死观》、《泪与笑》、《"春潮"一刻值千金》、《寄给一个失恋者的信(一)》、《吻火》和《救火队》等经典随笔,皆表现出对浩渺宇宙与苍茫人生的深思妙悟和真知灼见。正如他自己所说:"随笔小品的妙处也全在于我们能够从一个具有美好性格的作者眼睛里去看一看人生。"这一点,既是随笔特有的一大优势,也是检验随笔质量好坏的试金石。

　　随笔重在"随"字,没有那种正襟危坐、一本正经作文的架势。题材可大可小,篇幅可长可短,写法也因人而异,像杂感或杂文,但又不是杂感或杂文;行云流水,想写什么就写什么,想怎么写就怎么写。家长里短、生老病死、七情六欲、人世百态、亲情友情、名山大川、花鸟虫鱼、说文论道等皆可入文。字数长的有一两千字,短的才三五百字,有话则长,无话则短。既无严格的约束限制,也没品位高低要求,一切皆为内心之狂野放达。有时,一段经历、一次邂逅、一种情愫、一片雪花、一次旅行、一句哲理名言,皆可信手拈来,成为写作素材。然而,这看起来比较容易的随笔写作,事实上,并非常人所能为,它需要很高的思想艺术水准、渊博的学识和高超的语言表现功力。随笔,说到底是作者人格的真实写照,自己的喜怒哀乐与学养修为皆体现其中。只有那些对生命和艺术无限热爱的人,才可能写出让人怦然心动的好随笔。法国著名散文大师蒙田一辈子也就出版了三本随笔集,却影响了几代人。周作人能在中国现代散文发展史上有着特殊的地位,主要也是其在随笔小品创作上的重大贡献。他创造的平和冲淡的艺术风格独树一帜,对后世影响甚远。梁实秋的主要成就也体现在随笔小品文上,尤其是《雅舍小品》奠定了其散文家的地位,而且这种影响并未随着他的逝去而消失,相反,时间越久越发显示出经典的艺术魅力。

当下,我国的随笔创作之所以无法产生大师级人物,很难看到影响一个时代的好作品,不是这个时代没有给我们提供丰富的创作素材,也不是我们的言论自由受到了限制,而是在物欲横流的时代,我们的心没有很好地沉静下来,缺乏耐得住寂寞的从容心态,多数人都很浮躁,以至于面对纷繁复杂的社会现象,不是人云亦云,跟着瞎起哄,就是站在一边横挑鼻子竖挑眼,把社会说得一无是处,缺乏应有的家国情怀和担当意识。格局的狭小与视野的局限,让随笔写作仅仅停留在个人的小感觉上,没有准确地去把握这个时代的社会大众情绪,没有在中西文化的交融中去聆听这个时代最动人的旋律,没有在艰难的打拼中保留住那份琴棋书画诗酒花的浪漫情怀。因而,总体上看目前的随笔创作,无论其思想深度,还是艺术水准,都难以与五四时期的随笔小品相媲美,这是当前制约我国随笔发展的重大问题。每个作者只有始终对社会、对国家、对民族保有炽热的情感和强烈的责任,时刻用爱心去感知伟大时代的闪光点,随笔创作才能真正走向大境界、大格局。

一个落雨的午后,我到二龙什台国家森林公园参加公司半年总结会。下山时,我在破旧的寺庙里独坐了许久,有一句话让我豁然开悟:"天上最美的是星星,人间最美的是温情。"我想,现今的随笔如果能多一点温情、少一点浮躁,读者看到的风景会更美。

散文杂谈

许久以来,何谓散文,仁者见仁,智者见智。大师有大师的定义,教授有教授的说法,众说纷纭,莫衷一是。

近日,上网阅读博文感触颇深。当今缺少散文大家,不是时代的原因,而是我们对散文的理解实在太小家子气。中国古代早有定论,即相对于骈文、韵文而言,凡是不押韵、不讲骈俪的文章,皆称散文。西方散文的外延更宽泛,凡采用文学的笔法,谈论历史、现实、政治、经济、文化、哲学、艺术、人生等的文章,都是散文。包括序跋、书话、碑文、信件、演讲、札记、日记、游记、评论、新闻评论等。也就是除了小说、戏剧、诗歌以外的所有带有文学性质的文章都可称之为散文。而且我国古代和西方的散文,大都关注时代,探索人生,回应社会问题,皆有大智大情。写法也大开大合,恣意汪洋,气韵生动。大格局方能带来大发展、大繁荣、大突破。散文是性灵之作,是个性的张扬,是彰显人性的舞台。因此,散文不应该仅是作家的专利,而是每一个人讲述自我的方式。

现在,各行各业写散文的人很多,形式与内容也比较宽泛。其中,博文就是散文的一种。但只要粗粗浏览,便可感觉到真正有思想、有情怀的精美博文却凤毛麟角。相当一些人还没有完全从传统的散文认知局限中解放出来,还是以为只有托物言志的那种才是真正的散文。殊不知一个散文家,能称得上经典的除了有几篇抒情的,其余大量的还是以说文论道见长。像我国的散文家梁遇春,一本小品随笔集《泪与笑》就奠定了文坛地位。英国的著名哲学家、散文家弗·培根,一辈子只写了一本《论人生》,却成为世界经典。而现在一些人的写作,议论随笔倒不少,但不是吃喝拉撒,便是个人恩怨,牢骚谩骂,甚至人身攻击。好多博文看似伸张正义,其实只是借机发泄不满,跟着瞎起哄。缺少大格局、大情怀、大境界是当前散文走不远的关键原因。关于写好散文的经验之谈有很多,但究竟哪些对我们最实用、最有效,我以为至少有以下三点需要把握。

其一,必须讲究思想性。这种思想,既不是政治意义上的思想,也不是别人的思想,而是自己对宇宙和人生的深刻体验和独特发现,是哲学层面的升华与提炼,能够带给人们更多的对人生、人性、生命、自然的深层次的思索和考量。也就是要将自己最朴素的情怀凝炼成生命的大智慧,用优美的语言讲给人听,让别人在陶冶情操中能够发现另一个真正的自我。一篇好的散文就是一场思想的盛宴。先秦诸子散文能够成为中国散文发展的一座不可逾越的高峰,产生了那么多经典之作,比如庄子的《逍遥游》、孔子的《论语》等被后人不断学习、研究和传颂,是因为他们的作品始终闪烁着思想的光芒和深刻的人文关怀,弥足珍贵,常读常新。对生活的真知灼见是衡量散文艺术水准高低的试金石。如贾平凹的散文《丑石》，短短几百字，就深刻地揭示了应该如何重视人才这个大主题。又如史铁生的《我与地坛》，这篇雄奇之文之所以成为中国当代散文的经典名篇，是因为作者给生命之意义赋予了无比新颖而奇特的内涵，展示的是非同寻常的生命体验，进而在广大读者中才产生了那么强烈的思想与情感共鸣。一篇散文如没有深刻而独特的见解，就不可能让读者产生强烈的思想共鸣，更不可能成为经典美文。而理论的肤浅又必然导致思想的匮乏和情感的苍白。故讲究思想性就必须提高理论素养。

其二，必须有真情实感。情感是人们认识未知世界的力量源泉，也是一切文学创作的前提和基础。没有真情实感，就无法发掘出人性深处最动人的故事。现代散文大家朱自清的著名散文《背影》，仅仅千把字，就在读者中产生了那么大的影响力，成为传世佳作，最重要的就是他写出了人性中最柔软的东西——真情。散文家李广田曾说，当作者逝世时，有些中学生悲痛地说："作《背影》的朱自清先生死了。"此文影响之大，由此可见。季羡林作为大学教授、著名学者，晚年能够写出像《赋得永久的悔》这样情真意切的散文名篇来，除了有深厚的生活积淀和广博的学识以外，更主要是凭着对生活、生命无限热爱的一腔真情。他曾说："我的散文不是挤出来的，而是流出来的。没有震撼我的灵魂的真实感情，我绝不会流出来什么东西来的。"可以说贯穿其散文的一条主线是就真情，最大的特点也是真情。著名学者张中行评价季羡林时，说他不仅有学问，而且还有深情。纵观我国散文创作的历史现状，真正能够让人记忆犹新的作品，总是那些感人至深的心灵绝唱。而这种真情实感所表现的往往是作者悲天悯人的大情怀、大境界，而不是小肚鸡肠的抱怨和无奈，是一种强烈参与其中的社会责任感和崇高的历史使命感，更是一种健康阳光的美好心态。绝不是像今天网上一些人所表现的那种愤世嫉俗，一哄而上，甚至抹黑国家和民族，这样的心态所写出的东西，既没有生命力，也永远成不了经典。活在当下，写不出好作品，不是没有好素材，而是没有好心态。所以，有感而发，讲的是真情。因为生活总有让我们热泪盈眶的时候。

其三，必须有生活的味道。生活是创作的源泉。任何伟大的作品无不来自生活的点点滴滴、方方面面、时时处处。世事洞明皆学问，人情练达即文章。好的散文总是现实生活的真实写照。写的是别人的事儿，其实就是自己的情操和审美观。你用阳光的心态观察生活，看见的就是欢乐；用阴暗的心理思考生活，看见的就是龌龊与虚假。有什么样的心态，就有什么样的生活，就能写出什么样的散文。要写出生活的真实，也要写出艺术的真实。生活中可写的东西有很多，但不能见啥写啥，眉毛胡子一把抓。一定要有所发现，有所选择。要弘扬时代精神，就必须准确把握社会心态和情绪，捕捉那些最能体现当今时代特点的人和事来入文。既不能拉屎放屁啥都写，也不能空喊口号，无病呻吟。总是局限在自己的小圈子、小感觉，不深入生活，不沉到底下，就永远也写不出好的作品来。一定要以开放的心态和火热的激情去拥抱生活的每一天。只要注重观察深思和哲学提升，就能够在平淡的日子里，让每一朵情怀的浪花、每一份绝美的心境，时刻走进生活、走进创作、走进心灵。

写作是一种状态

写作,是我生命的一部分。

如果说音乐能使人在繁忙之余尽享一份难得的宁静与优雅,那么写作则会使人长久地游走在诗意盎然的美妙感觉之中。一部长篇或一个心情故事,必是作者长期积累、偶然得之的结果。写作,从来就不是建筑工地的力气活儿,而是一种超高强度的精神劳作,是一种痛苦而纯美的状态。它需要丰富的思想与情感的积淀,更需要灵感的瞬间启迪。灵感作为人类创造性活动不可缺少的思维方式,有时就像一把开启思维世界的金钥匙,可以让我们平淡的想象泛起涟漪,也可让那些枯燥无味的文字变得活灵活现。那些神来之笔,看似轻松随意,实为灵感牵引所致。那些心灵的鸡汤,既是个人生活琐事的沉淀,也是人生感悟的美文,尤其是那种飘荡在文字之间的无比欢畅之美,更是一份绝美的心境。

许多时候,我喜欢文字里流动着的那种云淡风轻的畅怀,也特别钟爱那份雨落心田般的淡淡的忧伤。气质决定心态。像今天,窗外烟雨迷蒙,一个人独处书房,一杯清茶,一本书,听一首轻柔舒缓的经典乐曲,我的思绪如同插上翅膀的快乐小鸟,早已飞到了令我魂牵梦绕的风雪边关,那里有我的孩子、我的士兵、我那熟悉的国门哨卡……

此刻,我能够沉浸在心灵无比舒展的状态,安静闲适地享受写作的快慰,是因为边防官兵在用青春与汗水书写着祖国安宁的诗篇。

写作也要常态化

汉语的伟大不仅在于历史悠久和博大精深,而且一个新词儿的出现总会带来许多意想不到的启示和发现。两会期间,领导讲话和新闻报道里出现频率最高的词莫过于"新常态"。经济发展新常态,其他行业也有新常态,甚至日常写作也有常态化的问题。

写作是一种习惯。

今天写,明天写,天天写,自己并不觉得奇怪。可是,如果一停下来,十几天不动笔,就会像开车一样有些生疏。去年以来,我几乎每4天就要发一篇散文随笔文字。有时,觉得没啥写的了,总有点抓心挠肝似的,可一到了第4天的时候就会有灵感出现,于是一挥而就,又一篇小文诞生了。写作进入了常态化,快乐自豪也常态化,思考发现更是常态化。但自打过了年,不知是节日放假时间长,还是企业改革任务繁忙,干脆坐下来啥也不想写了,甚至原本答应人家的几篇评论文字也懒得动笔。自己想突破风格,撰写几篇大文化散文,怎奈寻思半天也找不到任何灵感。

　　独处的时候总是扪心自问,是不是在下江郎才尽了?还是烦了倦了不想再写了呢?仔细琢磨,还是自己破坏了写作常态化的好习惯,产生了惰性。4天一篇,如今,已经12天了还不想动笔。人养成一个好习惯不容易,而破坏却很容易。坚持好习惯也不可任性啊!事实上,写作是一种习惯、一种状态、一种追求,既是紧张的脑力劳动,也是繁重的体力劳动;既有欢乐的享受,也有痛苦的发泄。如果一个人能长久坚持写作,不仅能延缓衰老,保持健康向上的心智模式,还能全面提高生命质量,让欢乐的情怀与美好的希望充满生命中每一天。每晚,读着以往那些用心写就的文字,我突然意识到写作的常态化不仅仅是对自我的鞭策,更是意志和信念的坚持。

　　一个人要保持持续的写作状态,就是要做到常态化。而要保持写作常态化,首先就得始终保持对生活、生命和社会思考发现的常态化,对人间万物时刻保有一颗好奇心,善于在平凡的琐事中发现人性闪光点。每天发生的事情很多,但不是所有的事件都可成文,也不是所有的文字都适合发表。必须去伪存真,提炼主题,让自己的思想深度与时代发展真正保持同步。

　　思想有多远,写作才能走多远。

一书之缘

我与汪曾祺先生存有一书之缘,却未曾谋面。

那年暮春时节,大学同窗好友张明军到汪曾祺先生家做人物专访,带回两本汪老的新书《塔上随笔》,赠送我一本。我爱不释手,反复阅读,直到今天。

那时,我正在阅读鲁迅、周作人、郁达夫、俞平伯、朱自清、沈从文、梁实秋等大师散文,对汪老及作品知之甚少。直到有了这本书,我才真正了解汪曾祺先生,并进入他闲适质朴、淡远宁静的艺术世界。曾几何时,是他让我爱上了《伊利亚随笔》和《猎人笔记》等名著;是他让我熟悉了小说家废名和明清小品文及桐城派散文;是他让我懂得了文气论,等等……

在许多个寒冷寂寞的冬夜,一拿起《塔上随笔》或《蒲桥集》,我就像在聆听大师的教诲,那种神交已久的美妙感觉,恐怕也只有学过禅的人方能悟出个中况味吧!一个人喜爱读另一个人的作品,除了风格相似以外,最重要还是性格、气质的因素。尤其是在无言的交流中,你能悟出多少,大师就会给你多少。汪老作为现代著名作家沈从文先生得意弟子,作为在当代小说和散文领域独领风骚的一代文学大家,其文学地位早有定论,非我辈所能评说。但他高远的情怀、深邃的思想、质朴的文风,却无时不在激励着我奋进在艰辛的写作之旅。仔细想来,这二十多年来,我之所以能写出一点散文随笔愉悦身心,除个人爱好以外,主要还是得益于和汪老这一书之缘。这种影响大抵有四。

一是以小见大,独抒性灵。半个多世纪以来,汪老虽不是时代浪潮中心人物,但他的作品从未脱离社会。他总是站在与时代若即若离那种刚刚好的状态,冷看世界,笑看人生。以清淡的笔法和平常的心态,描写凡人小事,情系人间大美。寓深刻的人生哲理于平凡琐事中,将人性最美的风景书写在朴实文字里。无论多么平凡的小事,在他的笔下总能写出深刻的生命觉悟,总能在苦难中沉淀出幽默的欢乐。真可谓世事洞明皆学问,人情练达即文章。像《午门》、《胡同文化》等。我的拙文能以小见大,闪烁生命理趣,亦是受汪老影响所致。

二是起笔峭拔,落笔有力。精彩的开头和结尾是作者全部文学素养的体现,也是汪老文字魅力所在。他认为,自古文章争一起,第一句最难写也最吸引人,必须峭拔一点,有悬念,才能领起下文,让人有读下去的欲望。就像他的小说《徙》的开头那样:"很多歌消失了。"读后给人很深的感慨和启示。而结尾则要意味深长,余音袅袅,回味无穷。如他非常欣赏的《项脊轩志》结尾那样:"庭有枇杷树,吾妻死之年所手植也,今已亭亭如盖矣。"这方面我体会最深,获益最多。我的百余篇博文起笔和落笔皆精雕细刻。第一句话总要琢磨好几天,直到想出新意才起笔。结尾落笔更是精心设计,反复思考,直到满意为止。

三是讲究文气,炼字炼句。汪老是当代作家中最讲文气的人。他非常推崇桐城派散文提、放、断、连、疾、徐、顿、挫之笔法。他觉得,言之高下与声之短长,也就是气盛言宜之说,讲的即是文气畅达连贯。写文章一定要处理好句与句之间的关系。长句式易表达深沉凝重之情,短句式可表现轻松活泼之意。只有长短句搭配适中,句与句、段与段之间顾盼生辉,相互照应,讲究语感,声律搭配,才可保持整体气韵生动、上下贯通。他说最好的办法就是想好一段写一段,而不能想起一句写一句,这样文气不连贯。这些年,我始终谨记汪老之教诲。无论是写公文材料,还是写散文随笔,都是先想好一段读一遍,直到文通字顺才动笔,即便是瞬间灵感所致成文,我亦如此,这样文气畅达,效果甚好。

四是心静如水,淡定从容。汪老的随笔小品,如同陈年老酒,时间越久越能品出味道。尤其是《蒲桥集》中的一些优秀篇章深得明清小品之精髓,在古典散文与现当代散文、中国散文与西方散文艺术接轨上,其成就甚至已超越了五四期间一些大家。况且他的文字里总有一种如水流淌般的纯美质感和深雅韵味,宛如一位饱经沧桑的老人,在平静地倾诉着凡尘俗世的喜怒哀乐。尤其是夜半宁心静气,细细品读,更觉这般清新淡雅之文字竟是那么宁静,那么淡然,那么从容唯美。我想,这与汪老本人随遇而安,笑看生死,平实悠然的心态有关吧!即便是在西南联大那样兵荒马乱的年代,他依然能心静如水,写出闲适纯美的好文字,这多么难得啊!在物欲横流、浮躁不安的当下，倘若我们时刻能保持汪老那样沉静的好心态，还愁写不出好文字吗？

唯有心静，生命才能安然。

今夜，独处默想，豁然开朗。原来，人与人的缘分并非皆是偶遇。有时，一本书、一篇文章，甚至一些不经意的点化，都会对一个人的生活和写作产生重要影响啊！如今，汪老已驾鹤仙去，明军也多年未曾联系。悲欢世界，浮华人生。这世上再美的缘终逃不过缘起缘灭的宿命，唯有这一书之缘至今让我难以忘怀。

又见恩师

生命中,有些人注定是匆匆过客,而有些人则永难忘怀。

元旦假期,浏览网页,我突然见到了 23 年前的大学老师周笃文教授,不禁感慨万千。屈指数来,先生今年已 81 岁了。望着网页图片上苍老但精神、年迈却青春、神采奕奕的周先生,当年那个风流倜傥潇洒飘逸的三湘才俊仿佛又出现在我的眼前。

(一)

周笃文,字小川,湖南人,与浪漫主义大诗人屈原是同乡。

先生乃当今中国诗词界之泰斗。系中华诗词协会和中国韵文学会主要创始人之一,曾任中国新闻学院文史教研室主任、教授,中外文化研究所所长,中国韵文学会常务理事,中华诗词协会副会长兼秘书长,中华诗词编著中心总编辑,中国碑赋工程院副院长,是国务院表彰的特殊贡献专家,也是著名词学专家和诗词家。

　　1992年秋季,我考入中国新闻学院。那时,先生正担任文史教研室主任、教授,主讲古典文学。每次上课先生总愿戴一顶圆形无遮小帽,顶部还有一个小揪揪,着一件灰色长款风衣,时尚皮鞋总是擦得干净锃亮。先生长相俊朗,眉清目秀,加上经纶满腹,更显气度非凡,步履轻盈,儒雅飘逸,顾盼生辉,光芒四射,让我们叹为观止。最让我们骄傲的是先生著作等身,堪称大师,但他对谁都满脸微笑,谦和有礼,平易近人,让全院师生肃然起敬,也深深地影响和教育着我们,始终保持谦虚做人的姿态。至今,这个满头银发的仗朝老人依然活跃在弘扬中华传统文化的讲坛上,这在当下该是多么难得啊!

(二)

　　每次授课,先生只拿一水杯,从不用讲义。浩如烟海的名篇佳作,烂熟于心,信手拈来。集典故秘史于谈笑间,融传道解惑于诗词中,令我辈眼花缭乱,目不暇接。

　　现在,我仍清晰地记得,先生从诸子百家讲到唐诗宋词,每讲一课,他总要采取以下方法:一是背景交代法。先生主张,赏析作品必须先通其文辞、悉其原委、明其志趣、新其解令。若要读懂作品,必先读懂作者。所以,他解读作品特别是诗词,首先要把作者所处的时代背景、人生境遇、家庭状况及社会地位讲得一清二楚,妙趣横生,让人长久不忘,这无疑为正确理解作品要义提供了可能。这也是当今网络诗词赏析值得借鉴的经验。二是情感参与法。先生认为,诗是诉诸感情与联想的语言艺术,是个人情感的意象化、程序化、声律化。诗词是最性灵的文字,非真性情人写不出。赏析作品必须有情感的参与,一定要真性情中人来评,这样才能入得其内、深得其妙。他总是以充沛的感情去解读诗词,时而激情澎湃,时而沉郁顿挫,如痴如醉,声情并茂,让我们也进入"妙处与君说"之意境,获得极高的审美享受。三是独自吟诵法。先生本是著名诗人、吟咏家。他觉得诗词吟诵是展现诗心、点燃诗情、表达诗美与感动读者的重要手段。作为一字一音、一调一义的汉语,最宜于以灵活多变、抑扬顿挫的节律来表现诗词深情意向之大美。因此,每次讲授古诗词他总以吟诵的形式进行,让我们受益匪浅。比如,在讲杜牧的《清明》时,他就用湖南调吟诵,全情投入,活灵活现,字正腔圆,神凝气畅,将全诗演绎得淋漓尽致,深情流美,意象鲜明,令人感同身受。总之,听先生讲课既是学习知识,也是享受中国传统文化的盛宴。

(三)

先生不仅承担着繁重的教学任务,还致力于学术研究工作。早年他从抗美援朝战场戎装归来,曾就读于北师大,师从词学宗师夏承焘和词学名家张伯驹先生,并得到郭沫若、黎锦熙、黄药眠、钟敬文、周汝昌等名师点拨。这些大师手把手教他,先生自幼聪慧过人,勤奋深钻,灵思天造,深得诸位大师真传,故学术研究建树卓越,成就斐然,令后人望尘莫及。

半个多世纪以来,先生于宋词研究、敦煌文献及医学古籍、文字训诂学有专门研究。曾发表专著与论文百万余字。多次获得大奖。曾主编《全宋词评注》、《中外文化辞典》等。著有《宋词》、《宋百家词选》、《金元明清词》、《华夏之歌》、《经典宋词百家解说》、《珍藏宋词》、《影珠书屋吟稿》、《婉约词点评》、《周笃文诗词论丛》等专著。据悉，仅近千万字的《全宋词评注》手写稿，即倾注了先生十数年精力。如此浩繁巨大的文字工程非常人能力所及，而且先生写作基本不翻阅资料，历代词人词作随手拈来，运用自如，显示了巨大而丰厚的知识储备量以及高深严谨的治学功夫。近年新出版的两部重要词学专著《豪放词点评》和《红袖添香婉约词》，涉及范围之广、内容之丰富皆为当代所少见。这些著作为我国古典诗词的繁荣发展发挥了重要作用，在学术界享有崇高声誉。

（四）

先生既是著名词学专家，也是优秀诗词家，更是豪放、婉约兼备的性情中人。一生对词学的钟爱让他的生命绽放了无限光彩。

他的经典评注字字珠玑，熠熠生辉，如同篇篇意境优美的散文，读来满口余香，回味无穷。他已发表的千余首诗词，宛若颗颗耀眼的明珠，为当代文坛增添了璀璨的光芒。先生诗词创作，文思泉涌，既快又好。据介绍在南阳采风时，他一晚便吟成上品绝句达十几首，可见先生才思之敏捷、笔力之雄健。先生的诗七律较多，其中《戊子上元寿汝昌老九十椿寿四首》和《丰和林恭组先生仙溪楼落成六首》当属上乘佳品。

先生有一首广受佳评的好词《齐天乐·曹妃甸放歌》："海疆福地曹妃甸，明珠焰光璀璨。造地吹沙，深洋筑港，伟矣中山遗愿。百年梦醒,正龙起沧冥,浪腾天半。牧海耕滩,钢城卅里顿时现。如山巨轮泊岸,看长波摆荡,暾旭红满。构厦云连,喷油浪涌,井架天高涛远。词流振笔,竟声锵金石,万花飞旋。四象三才,共齐声礼赞"。

首先,从思想性来看,这首词立意高远,站位很高。它以曹妃甸为背景,以颂扬唐山大地震后30年间翻天覆地的巨变为主题,站在实现中国梦的全局视野,以极大的热情讴歌了改革创新、锐意进取的时代精神,宛如一首壮丽激昂的交响乐,催人奋进,撼动心魄。就像著名诗人宋彩霞所说:"这是一首生机勃勃、跳档纵横、思理深远的改革开放颂歌;是体大意深、神完笔健之力作;是开宋柏新枝、振时代词笔"的成功范例。"

其次,从艺术性来看,以原生态景物描写为主,以多维色彩与线条交相辉映强化意象,尤其是通过巧用吹沙、筑港、龙起、浪腾、牧海、耕滩、长波、暾红、构厦、喷油、井架等景物组成雄浑壮美的意象集群,气象万千,大气磅礴,颇具汉唐风骨。首句"海疆福地曹妃甸,明珠焰光璀璨"以感叹语开篇,一语道出党中央、国务院做出开发曹妃甸重大决策之意义。紧接着"伟矣中山遗愿"将一代伟人孙中山强国的蓝色梦想诉诸笔端,增添了深邃的历史厚重感。随后,"正龙起沧冥,浪腾天半,如山巨轮泊岸,看长波摆荡,暾旭红满……"一连串动感十足的写景状物佳句,色彩斑斓,气贯长虹,尽显大江东去一泻千里之艺术形象。

再次,从时代性来看,诗词如何表现火热的现实生活,这是每个作者不容回避的问题。我以为不能仅停留在古人情怀与审美眼光上,而是要用当代人的思想情感和审美标准去建构意象世界,或描写大好河山,或抒发个人幽情,皆应突破传统,鼎力创新,赋予新的时代内涵,才能接地气、有共鸣。这首词的成功,正是先生将一生致力于词学研究和诗词创作的崇高艺术追求,同人民的心声和时代的要求完美融合,并以其卓越的艺术才华和深沉浓重的家国情怀,书写了无愧于伟大时代的壮丽诗篇,给当下中国文坛带来了久违的大气豪迈之风。

  永远为恩师点赞!

诗情画意韩伟林

（一）

认识伟林是我到机关工作的第二年。

那年初春，我根据领导指示承办全区部队大型书法绘画摄影比赛活动。这是我到机关后接的头一个"大活"，心里忐忑不安，生怕出点纰漏，丢人现眼。因为人手少、作品多，整个评选工作就我一人说了算。忙活了大半个月，总算大功告成。获奖作品集刚一印出来，官兵们都抢着看，上下好评如潮，我更加斗志昂扬了。

可是，正当我春风得意之时，一封突如其来的举报信，竟给我兴奋的头脑浇了一泼冷水，顿时"晴转多云"。原来，有一幅获二等奖的绘画作品，一个军校学员看到后，发现其涉嫌抄袭毕加索的作品，逐给领导写信告之。当时，我一下懵了，不知如何是好。好在杂志刚发下去，有的单位还没收到，所以立即取消了那个二等奖，并对作者批评教育了一番，才算过关。虽然很郁闷，但我还是挺感激那个学员。一个月后，伟林到机关办事，还特意拿给我一本《黑白画技法》，里边就有那幅涉嫌抄袭的作品。那天，这个腼腆的军校学员给我的第一印象并不是一位高大威猛的蒙古族汉子，而是一个文雅深情、睿智洒脱的蒙古族大男孩。就这样，我和小我11岁的伟林认识了。他在军校上学时，周末休息总要到我家坐坐。那时我在郊区租平房住，条件简陋，屋里靠火炉子取暖，但每一次他来我们总要把酒言欢，谈诗论道，很是投缘。1995年至今，我们认识已整整20年了。他从普通军校学员到副团职军官，我是看着他成长起来的。我当总队宣传文化处长，他当支队宣传文化科长；我当总队政治部副主任，他当总队秘书处副处长。一路走来，他踏实淳朴、执着追求的奋斗精神给我留下了深刻印象。

他是蒙古族官兵中少有的诗画文全能才子。

过去，他学的是蒙古语。上军校后全凭自学，学会了用汉语写作，仅此一点就足以证明他过人的天分与才情。作为部队宣传科长出身的他，不仅现代诗写得很好，而且绘画、摄影也不错，还获过不少奖，多次荣立三等功。特别是公文材料、小说、散文佳作连连，深受读者好评。但我以为若论文学创作，从他近几年成果来看，当属散文成就最佳。伟林的散文作品数量不多，但个性鲜明，笔力雄健，处处闪烁着作者对茫茫宇宙和漫漫人生的独特思考与发现。

（二）

朴实宁静，感情真挚。这是伟林散文创作的主旋律。散文是情种的艺术,是作者真性情的自然流露。没有深情永远也写不出感人至深的好散文。写散文即是在写自己。伟林是蒙古族,虽身材不是高大伟岸那种,但为人真诚,重情重义,善良忠厚,凡是接触过他的人都为他的高尚所折服。他的散文一如他的人品,纯朴真厚,充满真情。《画中故乡》这篇千把字的抒情散文,透过清新淡雅的文字,将游子心中对故乡、对亲情无限的牵挂与怀念描写得淋漓尽致,荡气回肠。那些年,那些人,那些老屋,宛如草原上永不消失马头琴声,不知给他梦想的旅途留下多少向上的动力。那篇《最近的好人》语似淡淡,却情意浓浓,字字含情,催人泪下。《百年风雨一先生》,既是一部民族教育发展的历史,也是亲情温暖的回忆录。字里行间包含着作者对祖辈亲人的思念,对光辉业绩的自豪与赞美。《一瓶叫永恒之吻的香水》,如同一首真爱的歌谣,用温婉柔美的旋律,唱尽了热恋情人无限美好的向往。然而,伟林散文的真情又不仅仅局限在个人亲情和爱情方面,还体现在用澎湃的生命激情,去热情讴歌边防军人对伟大祖国的无限热爱与忠诚上。特别是在纪实散文《无怨无悔的"守护神"》、《宝音达赖:坚守那份认真》等佳作中,他以戍边卫国、无私奉献为主题,集中描写和塑造了一批有血有肉坚守理想信念的边防官兵的伟岸形象,立意高远,思想深邃,撼人心魄,激动人心,尽显散文之真味,不仅大大提升了散文创作的格局与境界,而且让读者心灵受到了洗礼和熏陶。

(三)

学养丰厚,旁征博引。这是伟林散文创作的独特之处。伟林并非出身名校,也没受过名师高人指点。他只是部队军校的普通毕业生,没有受过正规的大学中文系训练,而是自学成才。他入伍时连汉语都不熟练。但他天资聪颖,悟性甚好,啥东西一学就会。一般人心里明知自己马上就要转业了,便赶快找人走后门跑单位,可他偏偏在即将转业的前几个月还参加了鲁迅文学院的短期文学培训班,可见他是多么热爱学习啊!20年的军旅生涯,无论是在偏僻的基层所站当干警,还是到机关工作,他几乎把所有的业余时间都用在了学习上,而且广泛涉猎,博采众长,使自己的知识储备远远高于一般的本科生。最让我惊叹的是我下基层任职3年多时间,他竟然忙里偷闲又出版了第二本散文集《画中故乡》。这本书我是2013年看到的。今年春节期间,我再次认真拜读,禁不住拍案叫绝,在我内蒙古漫漫八千里边防线能够写出如此大气磅礴之作者非伟林君莫属啊!

这本书是伟林散文创作的一个高峰,也是对自己20年军旅生涯心路历程的总结与概括。他在边防工作整整20年,曾获得国防服役银质奖章。他对内蒙古边防前世今生的演变历史了若指掌,名人典故与重大事件,烂熟于胸,信手拈来。如《曾经那些流变的边界》、《清史残章中的蒙古边事》、《漭江:草原深处的文明碎片》等一批颇具深度的大文化散文,既有丰富的史学价值,也有很高文学品位。他敢于突破以往大文化散文惯有的呆板与沉闷之风,辅之以多张生动的新闻写实图片,图文并茂,相得益彰,营造了动中有静、静中有动的审美境界,这种创新也标志着他散文创作达到了新的水平和层次。

另外,还有《蒙古人与草原》、《印象·锡林郭勒》、《民歌里的爱情》等一些重点篇什,不仅深刻诠释了历史悠久与博大精深的草原文化内涵,而且充分展示了他渊博的学识和宽广的知识面,读来让人格外震撼和惊叹。这一类文字,在伟林的散文创作中所占比重并不大,但篇篇精彩耐读,知识底蕴异常丰厚,处处充盈着他理性的思考与智慧的火花,尤其对历史与现实的全局把握和独特见解,绝不亚于一般的边疆史学者,令人望尘莫及,感佩不已。

(四)

笔势飘逸,语言幽默。这是伟林散文可读性强、深受读者喜爱的重要原因。一篇好的散文不仅取决于精美的艺术构思,而且也离不开出色的笔势和语言表现力。伟林最早学的是蒙古语,所以他后来学汉语写作没有学院派那种匠气十足的毛病,而是无门无派,从容不迫,想咋写就咋写,无所拘羁,笔落意到,从不受条条框框限制,形成了飘逸洒脱的笔势风格和亦庄亦谐的语言特色。读他的散文有时就像听一位饱经沧桑的老人在讲历史故事,娓娓道来,毫无做作之嫌;有时又如一位幽默的小伙在谈古论今,侃侃而谈,潇洒自如。比如在《美酒、女人和歌》中他写道:"边关生活久了,底色无疑变得凝重而又忧伤。许多毛毛糙糙的人、事,连同远去的矿山、小溪、山峦,以及五畜,就变得有了某种况味。哪怕是无助、荒唐,抑或琐碎,也变得如同美丽无比一般。"这段话看似平淡无奇,其实却体现了伟林散文飘逸的笔势,寓深刻人生哲理于平常闲谈的口语之中,亦轻亦重,朴拙峭拔,飘飘荡荡,真是浑然天成。再如在《民歌里的爱情》中的"彻底颠覆的何止是我一个人,其实在我等凡夫俗子心窝最柔软最细微的地方,何尝不是在拒绝总总媚俗,草根的生活指南和调味剂,真的不应该交给那些胡编乱造的所谓名人大碗,他们卖弄奢华或者无关痛痒的生活离我们还很遥远,或者说根本无关紧要。至于我,天籁之音就在身边,倾心听一曲原乡牧歌,犹如倾诉难得的草原之旅,那法乎自然的意境,也就成了我心头的感动"。冷静客观,幽默风趣的叙述,一如深山寺庙的老禅师在静静诉说着种种心灵的凡尘感悟,笔走如风,灵动飞扬,沁人心脾,直抵心灵,是那么的轻盈而悠远,又是那么的淡定而从容。

在伟林全部散文作品中写戍边生活的最多,层次最高,也最见艺术功力。他总是从大处着眼,从小处入手,最善于运用普通边防官兵个人的小视角来透视生活,感悟人生,发掘人性之大美。尤其常用幽默活泼的文字展现边防官兵以苦为乐的美好心灵,读来特别亲切自然,耐人寻味,犹如野老话家常。比如在《边防闲人们》中就写道:"边防,精英荟萃之地,将士枕戈待旦之所。然边防,亦不乏一种担子轻松、活得滋润的闲人群体,领导尽在掌控心知肚明。闲云野鹤者,缺了真不一定行;衬托出忙人的忙乱来,体现出机关的和谐来,看出领导用人的高超来。闲人的存在,是一种境界,亦是部队之福,多少年都会令人记得。"凡是在边防艰苦环境中待过的人都有此体验。这段文字既有贾平凹散文之幽默文风,亦有林语堂小品之诙谐底蕴。不仅真切道出了伟林的心声,写出了散文的野味,而且充分展示了当代戍边将士甘于寂寞、无私奉献的高尚情怀。此类文字还有很多很多。我想,一个痴迷于文字的人面对当下的种种诱惑,依然能够带着这个时代最真的思想情感去拥抱现实生活,时刻与那些默默无闻的边防战士和牧民兄弟心手相牵,这本身就是高尚人格的真实写照啊!因为人格的魅力,才使更多的人看好伟林的散文创作。正如北京大学教授、博士生导师陈龙岗所说:"韩伟林是骨子里透着文人气的军人。"几十年的奋斗和执着的追求换来丰硕的成果。如今,伟林已发表各类作品近百万字,出版著作《黑棋子、白棋子》、《营盘上的遐想》、《画中故乡》。获首届边防文学奖,有作品入选《新编大学语文》、《公安边防部队文学作品选》等书,系中国散文学会会员、中国少数民族作家协会会员,全国公安文学艺术联合会会员,内蒙古作家协会和内蒙古摄影家协会会员,成为当今边防文学百花园中的一朵奇葩,备受瞩目。

　　阿里巴巴创始人马云说过,男人的长相与智商成反比。老实说,伟林的长相无论如何也算不上英俊潇洒,甚至是一般。但是,他的人品不一般,文采不一般,人生不一般。我坚信,今后自己无论多么平凡,能有这样不一般的朋友相伴同行,我的人生也会不一般。

给心灵安个家

(后　记)

2016年1月1日,我将年满50周岁。这本散文随笔集既是献给50岁生日的最好礼物,也是对个人精神生活的又一次全面总结和梳理。整整一个下午,面对19万字的作品集,我轻抚渐渐添增的白发,感慨万千,默默无语。

10年前,我出版了第一本散文集《怀念真诚》。那时我才40岁,正是干事创业的好时候。时间如白驹过隙,一晃10年就过去了。这10年,无论是对国家和民族,还是对自己都是一段极不平凡的历程。特别是一些曾经熟悉的身影悄然倒下,留给社会无尽的悲哀与叹息,也让我看淡了许多。3年前,我从部队正团职领导岗位光荣退休,今年妻也从国企退休了。儿子从军校毕业后开始在部队服役。我们像多数中国家庭一样过着宁静幸福的小康生活。那些温馨的日子,慰藉了我寂寞的心扉,也让笔下充满了诗情画意。

性格即是命运。而今,我之所以能够淡定从容地面对退休生活,是因为我对自己一生的奋斗目标始终非常清晰,做一名职业军人是我最大的愿望。其实,人到五十,该放下也都该放下了。选择过自己喜欢的生活这又何尝不是一种成熟呢?命中注定我是一个积极进取的人,凡事都要做到最好。性格又极其认真,心实情浓,喜欢慎独,不喜欢喧闹浮华的场面,更不喜欢"圈子文化"。遇不到真正知音,甘愿一个人热闹。人世间最孤独的人往往是最有力量的人。尤其是面对复杂多变的时代,作为一个对国家、对民族、对社会始终怀有强烈责任感和使命感的人,更应选择坚守。

退休,对我来说是一次新的解放和重生。我从小就不安于现状,特别喜欢那种充满竞争与挑战的生活方式。退休后,我先后应聘过十几家企业。每一次面试我都斗志昂扬,全力以赴,用过硬的素质和才能征服别人。这当中,多家知名企业诚邀我加盟,几十个猎头关注我。这些让我活出了人生精彩与豪迈。如今,我担任大型跨国企业集团高管已快两年。从一名部队退休干部转变成名副其实的职业经理人,我真真切切感受到了个人存在的价值。特别是当我看到身边那么多年轻人面对巨大生活压力,依然保持着乐观向上的人生态度,顽强拼搏,奋斗不止,这一切无时不在深深地教育和感动着我。近两年,不管工作多忙多累,我始终没放弃业余写作。写作是我生命的一部分,也是实践人生价值的重要方式。2013年6月开博至今,我已发表博文135篇。这本散文随笔集定位即是博客随笔。

人总是生活在希望中的。

我知道,面对这个时代的急剧变化,面对各种复杂的社会现象,面对许多熟人的悲欢离合,我和许多的人一样有很多话想说却苦于无处说。如今，我虽然离开了戍边卫国的工作岗位，但我依然保持着军人的政治本色。我愿意用博客的形式传播正能量，讴歌真善美，弘扬主旋律，给艰难中打拼的人们带去无限温暖与动力。这本书里收录的散文随笔，既有我对人生社会的最新思考和总结，也有写作方式的突破与创新。这些文字是我奋发进取、追求卓越的真实写照，也是压力的无言释怀与放松。无论是内容还是主题都比较轻松洒脱，没有刻意去追求所谓的美文，而是有感而发，顺其自然，不要精雕细刻的唯美，只求从容自然的真实，这或许就是大道至简吧！每个有文化品位的人，一生中都会有两个家。一个是现实的家庭生活，另一个则是心灵之家。博客便是我的精神家园，写博即是在给心灵安个家。

我永远感谢那些从未谋面的博友们，是他们真诚的鼓励给了我无限的信心和热情。感谢为此书出版做出过贡献的好战友韩伟林和刘瑞军二位先生。还要感谢一直以来默默支持我创作的家人以及所有亲朋好友。妻自始至终都参与了这本书的全部文字校对工作，是她爱的力量让我在失落和迷茫中重振雄风，永葆昂扬向上的精神风貌。如果没有大家的理解和支持，我是不可能在这么短时间内完成这部散文随笔集的创作的。面对生活，我将永远心存感恩。

一个人有梦想就会有希望！

作　者

2015 年 8 月 6 日